# PERSEGUIÇÃO E CERCO A JUVÊNCIO GUTIERREZ

# TABAJARA RUAS

# PERSEGUIÇÃO E CERCO A JUVÊNCIO GUTIERREZ

L&PM
EDITORES

Texto de acordo com a nova ortografia.

*Capa*: Ivan Pinheiro Machado. *Ilustração*: iStock
*Preparação*: Jó Saldanha
*Revisão*: Felícia Volkweis

CIP-Brasil. Catalogação na publicação
Sindicato Nacional dos Editores de Livros, RJ.

R822p

Ruas, Tabajara, 1942-
    Perseguição e cerco a Juvêncio Gutierrez / Tabajara Ruas. – Porto Alegre [RS]: L&PM, 2022.
    136 p. ; 21 cm.

    ISBN 978-65-5666-258-9

    1. Ficção brasileira. I. Título.

22-76889            CDD: 869.3
                      CDU: 82-3(81)

Gabriela Faray Ferreira Lopes - Bibliotecária - CRB-7/6643

© Tabajara Ruas, 1990.

Todos os direitos desta edição reservados a L&PM Editores
Rua Comendador Coruja, 314, loja 9 – Floresta – 90.220-180
Porto Alegre – RS – Brasil / Fone: 51.3225.5777

PEDIDOS & DEPTO. COMERCIAL: vendas@lpm.com.br
FALE CONOSCO: info@lpm.com.br
www.lpm.com.br

Impresso no Brasil
Outono de 2022

# Capítulo 1

*Infierno por infierno*
*Prefiero el de la frontera.*

José Hernández, *Martín Fierro*

Na esquina da nossa casa passava o trem que vinha da Argentina. Naquela manhã de dezembro (perto das onze horas) na cidade da fronteira iluminada pelo azul de um céu tão alto que aumentava a imensidão do pampa e se refletia no rio a deslizar debaixo da ponte, o trem abriu, para o guri de calças curtas e cabelo espetado, as portas do palácio onde convivem júbilo e terror.

O trem vinha vindo, naquela manhã, como um pássaro arrancado das páginas de uma história desenhada por Will Eisner: irrompeu entre as duas torres da ponte imenso e negro, resfolegante, expelindo faíscas; a suntuosa fumaça escura e perfumada que entranhou nas narinas do guri despertou uma forma de prazer obscuro, ambíguo, associado desde então ao perigo e à masculinidade.

A casa era herança de nossa mãe. Tínhamos mudado para lá há menos de uma semana, e a presença dos trilhos de ferro ali na esquina inquietava, tão perfeitos em sua simetria, tão ordenados no espaço entre seus dormentes, tão convidativos no silêncio com que desapareciam na longa curva cintilante que os conduzia para o lado ignoto da cidade: os lados da Estação.

Durante os anos que se seguiram o trem tornou-se um bicho da casa. Esperá-lo com o coração batendo, na curva da

Aduana, onde diminuía a marcha, foi sentimento que nunca perdeu a exaltação, porque, com o passar do tempo, o guri aprendeu a pendurar-se nos estribos e gozar de um passeio embriagador até a outra curva, quando tornava a diminuir a marcha e aí saltava para o chão de brita, dominado por um prazer que o fazia sentir-se invulnerável.

No inverno dos meus treze anos, os longos comboios carregados de gado não eram mais puxados pela máquina negra e resfolegante. Substituiu-a a moderna Diesel, pintada de vermelho com listas amarelas, apito agudo de navio, tão diferente da rouca música da velha locomotiva. Passava veloz, arrogante, com seu silvo assustador, e não diminuía mais nas curvas, mas deixava no coração o mesmo alvoroço do primeiro dia porque vinha carregada de mistério, vinha do outro lado da ponte, vinha da Argentina e da sua amplidão, vinha de dentro desse nome e do que ele tinha de claro, de turvo.

Naquela época não tínhamos televisão nem Pelé nem a cerca de arame que separa o rio da cidade. Uruguaiana teria uns trinta mil habitantes e o rio Uruguai. Esse rio nos arrastava a um orgulho meio ingênuo e a sorrisos que irritavam nossos vizinhos de Paso de los Libres. Costumávamos afirmar que as praias da margem brasileira eram infinitamente superiores às praias da margem argentina, o que era uma santa verdade. No verão os argentinos banhavam-se numa laguna de águas frias, onde conheci Mirta. Mas nós nos banhávamos no rio.

No orgulho cego dos treze anos investíamo-nos em senhores do rio, com um domínio tão perfeito dessa ilusão que ela se adequava à nossa mente como uma pele, e éramos senhores do rio Uruguai quando remontávamos suas águas fundas, sirgando uma canoa num bando de cinco ou oito para uma pescaria no Imbaá Chico, debaixo do céu mais miraculosamente azul do planeta, sólido como a abóbada de uma basílica.

O rio era dos pescadores, das lavadeiras, dos barqueiros, dos changadores, dos práticos da Capitania dos Portos, mas, principalmente, era dos contrabandistas. Eu sei: meu tio Juvêncio Gutierrez era contrabandista.

Antes de fugir para a Argentina ele tinha o hábito de aparecer lá em casa, para o mau humor de meu pai. Ficava mateando de bombacha e alpargata debaixo do cinamomo do pátio e, pouco depois das três da tarde, quando o trem passava, costumava tirar o relógio do bolso e abrir a tampa folheada a ouro, consultar a hora e confirmar silenciosamente com a cabeça: no horário. No dia desta história já fazia mais de sete anos desde a última vez que ele tinha tomado mate no pátio; essa última vez é um dia de nunca se esquecer pois foi o dia em que os brigadianos vieram prendê-lo. Tio Juvêncio escapou pelos fundos, pulando o muro, e foi viver na Argentina. Depois que foi ferido (a época em que mamãe foi cuidar dele) as notícias foram ficando mais raras, até seu Domício bater na porta da cozinha, na noite de setembro, completamente empapado.

Essa noite era uma sexta-feira e chovia tanto que meu coração pesou muito antes de saber que ele ia chegar no trem que vinha da Argentina. Eu ainda não tinha adquirido o hábito de sair às sextas-feiras. Sexta-feira já exalava um perfume especial, porque sábado tínhamos aula apenas pela manhã e à tarde jogávamos o campeonato de futebol do Colégio. Essa noite de sexta-feira chuvosa em que seu Domício disse que tio Juvêncio ia voltar era a noite de sexta-feira véspera do prodigioso sábado no qual seria decidido o campeonato, e eu estava escalado para o jogo pela minha classe: seria um sábado inesquecível, e a chuva pesada, cortada pelos relâmpagos que iluminavam as paredes do quarto, transmitia seu peso ao meu coração, que ansiava pela grandeza que a hora do jogo me propiciaria. Juvêncio Gutierrez não entrara nas celebrações de fogo dessa minha noite, porque seu Domício ainda não tinha atravessado o rio.

Seu Domício atravessou o rio à meia-noite em ponto, numa chalana leve, depois de sair do rancho de palha, onde brilhava um fogo no chão. A chuva já era forte. Seria ainda mais quando seu Domício alcançasse o meio do rio. Na boca de seu Domício vinha a mensagem: Juvêncio Gutierrez chegará no trem das três da tarde, que traz carregamento de gado de Curuzú Cuatiá. Seu Domício vinha envolto pela capa preta, usando um chapéu muito velho, abas caídas pela força da água, e vinha cabisbaixo, em pé, atento, impulsionando a chalana com movimentos ritmados. Olhava para a frente, piscando os olhos pela água que entrava neles, e lembrando do jeito despachado como o gordo Hernandez desceu a barranca e foi chegando perto do seu rancho.

– Seu Domício, o homem chega amanhã.

Seu Domício tinha 52 anos. Olhou incomodado para a mulher, uma índia paraguaia assoprando brasas debaixo da chaleira. "Vai rachar lenha, cuña", disse em guarani. Era de estranhar que o gordo Hernandez trouxesse a notícia. O gordo

Hernandez nunca fora homem de confiança de Juvêncio Gutierrez. Debaixo do céu escuro, ameaçando chuva, apertado dentro do terno de linho branco puído, o gordo Hernandez olhou para a ponta dos dedos com importância e confirmou gravemente, *sí*, tinha sido informado pelo rengo Maidana, o homem já tinha decidido, agora não havia argumento no mundo que o fizesse mudar de ideia.

Sob a aura dessa afirmação seu Domício encostou a chalana na barranca do rio. Eu não conseguia dormir porque pensava no jogo do dia seguinte, dominado por uma ansiedade varada de alegria, como uma fruta verde promete um sabor ainda incompleto. Imaginava qualquer coisa de trágico, de complexo, de moralmente confuso que poderia acontecer na partida e buscava uma maneira de desviar essa torrente de ideias indefinidas para alguma mais clara e reconfortante, como fazer um gol salvador no último minuto e levar o jogo para a prorrogação. Haveria prorrogação em caso de empate. O campeonato precisava terminar nesse sábado, pois outubro estava chegando e começariam os jogos contra o União e o Colégio de Libres. Era preciso treinar e o Colégio Santana tinha orgulho da tradição de formar grandes times. Também era necessário lutar contra o sexo nessa noite e esperar o sono com calma, mas o relâmpago que iluminou a parede foi uma espécie de aviso. Eu não sabia, mas seu Domício se aproximava.

Ele vinha curvado sobre o cavalo para melhor aparar a chuva, vinha vazio de pensamentos, como uma tora, cuidando o caminho no puro reflexo, atravessando a várzea onde jogam futebol, chegando nas primeiras ruas da cidade mergulhada na escuridão, passando por casas baixas de luzes apagadas, o cavalo escolhendo o caminho para não enfiar as patas nos buracos onde a água transborda. Trovões rolam no céu, seu Domício cutuca o cavalo para transmitir coragem, avança pela rua enlameada, traz na boca as palavras que deixarão nossa mãe pálida, apoiada na mesa da cozinha com a mão direita, a esquerda subindo até os lábios para abafar o espanto. Seu Domício está se aproximando de nossa rua, vindo por trás, olhando com cuidado para não se enganar de casa.

As batidas na porta da cozinha me fizeram estremecer, outro relâmpago confirmou o pressentimento. Seu Domício era homem de tio Juvêncio e não foi preciso me dizerem nada para pressentir aborrecimentos quando o vi sentado na banqueta da cozinha, olhando o copo de canha que meu pai enchia devagar, preparando-se para a notícia que o enorme negro todo molhado trazia. Quando voltei para a cama escutei o silêncio crispado entre meu pai e minha mãe, mas não dormi foi porque não me saía da cabeça a imagem do negro sentado na banqueta, dentro da capa escura brilhante de água. Juvêncio Gutierrez, também enfiado numa capa como aquela, estava dentro de um trem carregado de gado em algum lugar do pampa argentino, encolhido num canto do vagão, chapéu nos olhos, palheiro apagado no canto da boca, voltando.

Seu Domício não sabia explicar por que ele estava voltando, papai também não sabia, talvez ninguém neste mundo soubesse, mas meu tio Juvêncio Gutierrez, encolhido num canto do vagão que atravessa a noite argentina, estava voltando. Acho que fui dormir quando os galos já cantavam, exausto, imaginando o trem irrompendo na escuridão da noite, acossado pela chuva.

Na linha de casinholas de madeira e zinco que acompanha a longa curva dos trilhos, havia uma tapera caindo aos pedaços que me fascinava. Desde os seis anos, ou menos, eu sabia que lá vivia um cachorro louco. Nas raras ocasiões que passei por lá ouvi os rosnados, os latidos, a sofreguidão das correntes. Nunca vi os moradores da casa nem o cão, mas Ifigênia me alertava:
– Cuidado, lá tem um cachorro louco.

Nos primeiros passeios livres pelo bairro, nas primeiras aventurosas jornadas seguindo os trilhos e descobrindo as maravilhas surpreendentes que se espalhavam longe do universo de minha casa, a tapera do cachorro louco me atraía como o perigo, como o pecado, talvez como o mal, seguramente como tudo que os padres carmelitas e os irmãos maristas proibiam e ameaçavam com as profundas do inferno. Era atração sem alarde, sub-reptícia, que me acudia ao vagar solitário depois do almoço, quando mamãe estava no colégio e papai na livraria. Era atração à qual não tinha condições de oferecer resistência, a não ser a do medo. Quando me dava conta estava rondando a tapera, tomado de pressentimentos e emoção, ouvindo os rosnados, os gemidos, a corrente, buscando coragem para galgar a cerca apodrecida. Um dia a coragem veio. Ninguém estava passando. Não foi difícil, embora alguns moirões se desfizessem ao peso do meu pé. Encontrei apoio aqui, outro ali, e súbito estava alto, no topo da cerca, balançando perigosamente, quase dentro do pequeno pátio coberto de guanxuma, com tonéis enferrujados espalhados por toda parte.

 O cão ergueu-se na minha frente transtornado de ódio, uivando, babando, forçando a corrente, os olhos faiscando de fúria. Minha calça engachou numa pua do arame farpado. Balançando na cerca, a poucos metros do monstro, fiquei paralisado. Mas não era um cão. Tinham mentido para mim. Era um ser humano. Estava acorrentado. Os cabelos esvoaçavam. Babava. Quem sacudia as correntes, quem avançava a cabeça espantosa, quem rosnava e uivava e estendia as mãos de unhas curvas e negras era uma mulher. De repente se acalmou. Deitou a cabeça de lado. Me examinou com cautela, com curiosidade, deu um passo para trás, sorriu. Lançou astuto olhar ao redor. Ergueu a mão, com o dedo índice fez sinal para me aproximar. Tentei livrar a perna para fugir, senti a pua do arame cortar minha coxa. Um fio de sangue escorreu na minha perna. A mulher levantou o vestido em farrapos e mostrou a nudez das pernas brancas e grossas; levantou mais, mostrou os pelos escuros do ventre e enfiou um dedo ali, num buraco vermelho entre os pelos, e começou a arquejar e gemer, espichando da boca uma língua comprida que lambia os lábios ressecados, sem parar de me olhar e de arquejar e de gemer.

Às vezes recordava esse episódio, mas nunca tinha sonhado com ele. Talvez não fosse um bom augúrio sonhar com ele justo no dia do jogo. De qualquer maneira despertei com desconforto e olhei o relógio. Sete horas. Abri a janela do quarto: o dia molhado e brilhante na minha frente era o último sábado do mês de setembro de 1957. Precisava esperar quase um ano inteiro para fazer quatorze anos – era desesperador! Apesar disso, a chuva tinha parado de madrugada e o céu estava completamente azul, com exceção de pequenos farrapos de nuvens brancas que se deslocavam na direção da Argentina.

A mesa estava posta. Desde onde lembrava, desde que era um garoto de calça curta e cabelo espetado, a mesa estava posta às sete horas da manhã e a casa tomada pelo aroma do café. Hoje isso me parece um ritual; aquele aroma, o incenso da celebração que saudava o dia. Ifigênia era a sacerdotisa. Ifigênia fazia o chimarrão, fazia o café, fervia o leite, dispunha as xícaras, a manteiga, o queijo comprado em Libres, a bolacha d'água, o pão do forno do fundo do pátio. Ifigênia zelava pelos rituais da casa mesmo antes de eu ter nascido. Fora ela que criara nossa mãe e tio Juvêncio quando ficaram órfãos.

Pensei no jogo. Tinha dormido mal, e na véspera do mais importante jogo de que iria participar. Foi com uma ponta de raiva que lembrei de tio Juvêncio e suas novidades. Do quarto, ouvira os ruídos da casa. Todos já estavam de pé. No corredor esbarrei em Vladimir, que me desafiou: apostava a entrada da matinê de domingo – "Três episódios do Falcão Negro e um filme do Roy Rogers" – como o Terceiro Científico, nosso adversário, ganhava o jogo.

Vladimir era meu irmão menor; faria nove anos em outubro e andava preocupado com a proximidade do aniversário. A provocação seria aceita em outra oportunidade, mas a grandeza do jogo me transfigurava. Entrei no banheiro sem responder e durante o café fingi que repassava os temas do dia. O silêncio de meu pai e minha mãe me fez erguer os olhos, disfarçadamente. Eles falavam pouco, principalmente meu pai; naquela manhã, diante das xícaras fumegantes, intuí algo subterrâneo e nervoso, bem diferente dos largos silêncios sem tensão com que convivíamos. Ninguém comentou a visita da noite anterior. Parecia que seu Domício não estivera na cozinha, bebendo o liso de canha, informando com o sorriso grave que compadre Juvêncio arribava no trem das três da tarde, que vem de Curuzú Cuatiá.

Papai tinha uma livraria na rua Duque e estava sempre à beira da falência. Isso é um lugar-comum romântico, mas adequado: papai era comunista e pouca gente comprava livros em Uruguaiana. Os dias de maior prosperidade eram no começo do ano letivo, quando era necessário adquirir o material escolar. No resto do ano papai limpava o pó dos livros com o espanador de penas de avestruz ou tentava sintonizar alguma rádio de país distante, ouvido colado ao enorme aparelho, durante horas silenciosas como a poeira sobre os livros. O preto Gaspar, empregado da livraria, tateava o tabuleiro de xadrez, ensaiando jogadas. O preto Gaspar era cego.

Antes das oito todos saíamos de casa. Papai subia a rua Duque, curvado, ágil, ajeitando os óculos e o bigode negro. Vladimir caminhava até a esquina do Tênis Clube Rio Branco, em diagonal ao palacete dos Barbará, onde apanhava o ônibus para o Colégio União, o dos protestantes. Vladimir cursava o quarto ano primário, eu, o terceiro ginasial.

Mamãe montava na bicicleta e pedalava até o Colégio do Horto – o Colégio das Freiras, como era chamado –, onde dava aulas de francês. Mamãe pedalando era uma novidade em Uruguaiana, novidade absorvida com certo mal-estar por parte das freirinhas. O colégio pertencia à Congregação Nossa Senhora do Horto e era muito severo quanto aos costumes. Mas o motivo essencial da discórdia entre minha mãe e as irmãzinhas foi o pequeno e manipulado volume de capa dura de *Les Nourritures Terrestres*, de André Gide. Quando as freiras descobriram que o autor estava no *Index Librorum Prohibitorum* – como exclamaram com alarma, letra por letra –, quase despediram mamãe do emprego. Para a renda da família seria uma catástrofe.

Em nossa casa não havia lista de livros proibidos. Nossa mãe lia *Os frutos da terra* em voz alta, para Vladimir e para mim, duas vezes por semana, na varanda, ao entardecer. Eu fechava os olhos. A voz de contralto pronunciava com ênfase as palavras daquele idioma rascante e misturava-se – imperceptivelmente – ao rumor de grilos, de cães, de passos, de estalidos do crepúsculo. Embalado pela música daquela voz, vislumbrava cidades distantes, imaginava países, acariciava a sombra de certa volúpia ainda não inteiramente compreendida.

A família tinha um carro, um fuca amarelo de segunda mão, que passava a maior parte do tempo na garagem. Era utilizado quase somente nos fins de semana, quando saíamos em excursões pelos arredores, e realizávamos magníficos piqueniques em pleno pampa, deslumbrados com a amplidão e atemorizados com a agressividade dos quero-queros; ou então quando chovia muito e papai levava cada um a seu destino, diligentemente, observando todas as sinalizações e regras do trânsito. Servia também para irmos a Paso de los Libres fazer o rancho, e isso era uma vez cada quinze dias, quando mamãe não tinha aula pela manhã.

Atravessei o pequeno jardim e escutei a voz dela dando recomendações a Ifigênia sobre o almoço. Fechei o portão de ferro e também escutei quando Ifigênia ligou o rádio na General Madariaga, de Libres, e uma milonga me alcançou como um sussurro. Trazia os livros amarrados por um cinto e jogados nas costas – a moda do momento –, embora fosse mais cômodo usar as prosaicas pastas de couro com o emblema do Colégio que a maioria levava. Fazia um frio saudável, o último frio do ano, e respirei fundo, sentindo a delícia do dia. Só me lembrei de tio Juvêncio quando pisei os trilhos e olhei em direção à ponte.

Fiquei parado sobre os trilhos, pisando-os com meus tênis brancos, tentando sentir alguma vibração (algum aviso) que me anunciasse, em algum lugar, do outro lado da ponte e do rio, dentro de um trem carregado de gado, meu tio Juvêncio. De onde estava podia ver perfeitamente o contorno de Paso de los Libres na outra margem do rio. Via a igreja branca e o casario envolto pelo abraço das árvores. Virando um pouco o rosto, seguindo os trilhos, estava a ponte que unia as duas cidades. Era feita de concreto armado, maciça, imponente, orgulho da região, inaugurada em 1950 por Vargas e Justo numa festa que durou uma semana. A Alfândega (nós a chamávamos Aduana) ficava entre duas torres, com mais de setenta metros de altura cada uma. Nos dias de festa, principalmente na Semana da Pátria, gigantescas bandeiras brasileiras e argentinas eram hasteadas e tremulavam todo dia contra o céu azul.

Os trilhos não transmitiram nenhuma vibração ou aviso, de modo que ergui os olhos para o céu; o enorme céu também parecia indiferente e vazio, principalmente agora que os pequenos farrapos de nuvens tinham desaparecido.

Bolão me esperava na esquina, em diagonal ao palacete dos Barbará. Bolão era nosso centroavante e capitão do time. Éramos colegas desde a primeira série. As famílias relacionavam-se há muito tempo; foram sócias num armazém na época da farinha. O contrabando de farinha tinha sido o grande negócio de Uruguaiana alguns anos antes.

Bolão acelerou as passadas das pernas gorduchas na minha direção. Parecia preocupado. Eu estava louco para encontrá-lo. Depois do Irmão Arno, Bolão era o mais influente na escalação do time. Eu não tinha preocupação a respeito da minha vaga – era titular desde o começo do campeonato –, mas havia dúvidas em algumas posições, e a turma toda vivia num clima de boatos e sussurros sobre quem as ocuparia no jogo decisivo.

– Tive um sonho bárbaro esta noite! – exclamou Bolão.

Fiquei subitamente apreensivo.

– Sonhou com o jogo?

– Não. Sonhei outra coisa. Quem sabe tem a ver com o jogo...

– Eu também tive um sonho esquisito.

– Sonhei que ia num avião quando de repente faltou gasolina e tivemos que aterrissar de emergência numa ilha deserta, só o piloto e eu. Mas o piloto morreu na aterrissagem e me vi sozinho, completamente sozinho, na ilha deserta.

– Bá.

A voz de Bolão tornou-se sombria.

– Morava na ilha uma tribo de amazonas. Eram todas loiras e com cada teta que vou te contar. E usavam saiote de couro de onça, que mostrava tudo, principalmente quando batia um ventinho. Fiquei louco! Eu era o único animal com piça num raio de trezentos quilômetros! Só não varei a noite socando punheta porque me lembrei do jogo no meio do sonho.

Suspirei aliviado. Entregar-se à masturbação na véspera do jogo decisivo seria uma traição inqualificável. O Terceiro Científico era composto de alunos mais velhos, naturalmente mais fortes, mais altos, mais malandros. Bolão equilibrava as coisas um pouco lá na frente, com seu físico. Era nosso goleador. Fazia poucos golos devido ao sistema de jogo do time. Jogávamos retrancados, saindo em escapadas rápidas pela direita, com Cézar, um baixinho veloz, que cruzava na medida para a entrada de Bolão.

– Vamos apressar.

Na esquina da Praça, Bolão interrompeu a narrativa do sonho no momento em que as amazonas, reunidas em assembleia, discutiam o que fazer com ele. De todos os lados apareciam alunos do Santana indo para o Colégio e o grande assunto era o jogo da tarde. Feito às Pressas uniu-se a nós. Ele não tinha lugar garantido no time. Aproximou-se olhando para Bolão como um vira-lata faminto olha para um osso suculento. O verdadeiro nome dele era Daniel. O apelido, Feito às Pressas, vinha do fato de ele ser pequeno, usar óculos, estar com a cara permanentemente cheia de espinhas e ter o nariz torto. Apolo foi o primeiro apelido que lhe deram, mas o que pegou mesmo foi Feito às Pressas. Apolo era sutil demais para um grupo da primeira série ginasial, quando Daniel apareceu, três anos atrás, vindo da Armonia, distrito rural de Uruguaiana.

– Fui dormir cedo ontem – o tom da voz era adequado a um atleta responsável.

– Eu quase não dormi – contrapôs Bolão. – Sonhei a noite toda.

– Com o jogo?

– Que jogo! Sonhei que estava viajando de avião quando de repente faltou gasolina e tivemos que aterrissar numa ilha deserta. O piloto bateu com a cabeça nos comandos e morreu na hora. Fiquei em plena ilha deserta e quando me dei conta o avião estava cercado.

– Apaches?

O olhar de Bolão para Feito às Pressas foi de pura comiseração:

– E tu acha que eu vou perder meu tempo sonhando com apaches? Amazonas. Uma tribo inteira de amazonas, loiras, com as tetas de fora, balançando, e vestindo um saiote de couro de onça, curtinho, curtinho que...

– Que quando batia um ventinho...

– O sonho é meu e tu não tava lá pra saber – cortou Bolão. Dispôs-se a continuar a narrativa quando o vi vacilar.

Pelo jeito como me olhou adivinhei que ele tinha algo para contar e que não era o sonho. Nesse momento nossa atenção foi desviada. Pela outra calçada avançava um bando de gurias em uniforme do Colégio do Horto: um grupo esvoaçante, ruidoso e compacto. No meio delas vinha Beatriz.

Tropecei na calçada. O bando irrompeu numa risada instantânea, como se acabassem de assistir à cena mais engraçada do mundo. Já tinha reparado: quando em bandos, as gurias manifestavam a tendência de irromper em risos por qualquer motivo, por mais idiota que fosse. Por alguma razão ainda não compreendida, mas que me desalentava e enfurecia, seguidamente era eu quem fornecia oportunidade para essa curiosa manifestação.

Com coragem, por meio de sinais, Beatriz combinou um encontro na Praça, depois da aula. Bolão me deu um tapa nas costas:

– Aí, cavalo! Que cartaz, hem?

Era sua maneira de ser gentil. Dei um soco no braço dele, um pouco para me mostrar, um pouco porque entre nós imperava a lei de não deixar tapa sem resposta. As gurias murcharam suas efusões.

Continuamos a marcha. De vez em quando olhava para constatar que Beatriz também olhava.

– O Arno já escalou o time?

A pergunta, feita num tom de voz inteiramente casual, era de Feito às Pressas. Bolão encolheu os ombros.

– E eu sei lá. Não dormi com ele.

Bolão amadurecia algo para dizer. Em geral não era rude com Feito às Pressas e entendia sua ansiedade. O Arno que

Feito às Pressas nomeou era o *Irmão* Arno, nosso professor de Religião e Latim, responsável pela Terceira Série. Chamar os irmãos maristas apenas pelo nome era um sinal não só de intimidade mas de certo prestígio. Todos queríamos parecer maduros: no fulgor daqueles dias ansiávamos pela dignidade de alguns anos a mais, ignorantes da dissolução que já era nossa companheira. O Colégio apareceu na esquina, enorme e cinza como um navio ancorado.

– Ontem, lá no Ivo, o delegado Facundo disse que teu tio vai chegar esta tarde, no trem das três horas. E disse que vai cortar os culhões dele e pendurar na Praça pra todo mundo ver.

Fui sacudido por um furor que não sabia qualificar. Parei, e é possível que tenha ficado pálido. Pela expressão de Bolão notei que ele se arrependeu do jeito que deu a notícia.

– O delegado disse isso?

Bolão confirmou com a cabeça. Bolão sabia dessas coisas: apesar de ir mal nos estudos, todos o invejávamos. Era o único da turma que podia ser considerado verdadeiramente um frequentador do cabaré do Ivo. E todo aquele que já tinha pisado as tábuas gastas do salão principal do cabaré de Ivo Rodrigues sabia que o delegado Facundo perseguia meu tio mais por causa da Castelhana do que por causa do contrabando.

Quando foi transferido para Uruguaiana, há quase dez anos (cinco antes de meu tio fugir para a Argentina), o delegado Facundo encontrou seu destino. Na primeira noite em que entrou no cabaré do Ivo viu a Castelhana de vestido vermelho e flor amarela presa no decote, estendida no sofá, fumando na longa piteira, olhando-o através da fumaça. Na vitrola, Nelson

Gonçalves cantava "Boneca cobiçada". O delegado Facundo nunca entendeu que aquele olhar fixo e enigmático era apenas leve estrabismo, e enlouqueceu de amor, transtornado pela secreta luxúria que ele sugeria. O delegado Facundo era casado no civil e religioso com uma beata de bigode, mantilha e calo nos dedos de tanto rezar o terço; o delegado tinha oito filhos e quinze anos de ofício, mas foi vencido pela paixão. Após alguns tragos ficava violento e enciumado. Desesperava-se amargamente quando a Castelhana o recusava para prestar serviço a outros clientes.

A tio Juvêncio, Mirta del Sol, a Castelhana, nunca recusou nada. Bastava ele querer. Todo mundo sabia que tio Juvêncio não pagava os serviços das mulheres do Ivo. Dava-lhes presentes: lenços coloridos, vestidos finos, perfumes estrangeiros, artigos que, imagino, faziam parte do seu comércio. Tio Juvêncio fascinava as mulheres. Era calavera, era gastador, mas não conheci nenhuma mulher que falasse mal dele. Magro e musculoso, permanentemente queimado de sol e de vento, tinha os cabelos negros compridos, quase nos ombros ("dava pra fazer trança", dizia Ifigênia); os olhos cintilavam certa arrogância brincalhona que incomodava os homens.

– Meu tio não é bobo. Tu acha que vai deixar que agarrem ele dentro do trem?

Chegamos ao portão do Colégio. Bolão resmungou:

– Sei lá. O que eu sei é que o delegado disse que teu tio tá ferrado.

A primeira aula era de Religião, após a reza do terço. Aquela oração obrigatória esgarçava cada vez mais a fina película de nossa fé. Mesmo um homem amargo como o Irmão Arno abrandava a vigilância de outros momentos. A aula de Religião era recebida soturnamente pela plateia adormecida. À medida que crescíamos, os Mistérios Gozosos, os dogmas, a vida exemplar de Marcelino Champagnat, os hinos que precisávamos ensaiar revestiam-se de uma puerilidade que nos desencantava. Cada vez que esses assombros da infância se esvaziavam ante a lenta perspicácia do Irmão Arno, apossava-se de mim a melancolia. Meus pais não interferiam nos ensinamentos dos maristas, prevendo, talvez, que o encanto se quebraria por si mesmo com o tempo. Meu breve namoro com a fé religiosa nasceu e morreu sem muita dor. O que não morreu foi o encanto das ilustrações: Moisés atravessando o Mar Vermelho; o Anjo da Anunciação, vazado de luz, diante do susto de Maria; Jonas no ventre da baleia.

A aula de Latim não quebrava esse encanto. Até hoje o melhor daquela coleção de pequenos livros de capa dura – os *Ludus* – eram os bicos de pena do cotidiano romano, traçados por um artista ignorado. As togas pregueadas, os vasos curvilíneos, as solenes colunas, as mulheres fornidas, de longos braços macios, calçando sandálias que revelavam pés delicados, finos. Aquelas ilustrações suavizavam as manhãs de tédio e desencadeavam devaneios. A imaginação transportava o adolescente para o segredo oculto nas vestes amplas e compridas, cobrindo corpos maduros e indiferentes. O sonho o arrastava para jardins de fontes circulares, à sombra de parreiras murmurantes, onde a matrona cochilava com o pesado seio quase descoberto.

— ...e o jogo começa às três em ponto. Quero todos aqui. Todos. – Ergui a cabeça, abandonando com pesar o jardim. O Irmão Arno falava com seu sotaque germânico. – Quem acha que vai jogar deve chegar às duas e quinze, nem um minuto a mais, senão sobra. Vamos discutir o sistema de jogo com muita seriedade. Quem acha que vai jogar que não encha o bucho no almoço. Coma pouco e procure dar uma cochilada. Não quero ninguém nervoso nem preocupado. Futebol é pra homem. E quero todos aqui porque hoje vamos precisar de torcida. Torcida também ganha jogo e hoje nós queremos ganhar, hoje nós vamos ganhar.

Batemos palmas espontâneas que causaram o fenômeno de desenhar nos finos e pálidos lábios do Irmão Arno a memória de um sorriso. A sirene tocou nesse momento e nos levantamos como uma vaga, precipitando-nos para fora da sala, para o pátio e a vida breve e tumultuosa do recreio.

No pátio localizava-se a cancha superior, onde treinávamos. Dali se avistava o rio e a cidade de Libres. O Colégio Santana ocupava um quarteirão inteiro. O longo edifício de três andares erguia-se no alto de uma coxilha que descia suavemente até o rio. O declive permitiu construir uma arquibancada de pedras e o campo de futebol num plano inferior, o campo onde seria disputada a partida da tarde.

O Colégio Santana era uma instituição sólida e, na época desta história, já tinha mais de cinquenta anos. Lá não estudavam apenas os moradores de Uruguaiana, mas de todo o interior do município – Plano Alto, Armonia, Ibicuí, Touro Passo – e também dos municípios vizinhos da fronteira e do Alto Uruguai. Havia instalações completas de internato e canchas para todas as modalidades de esporte. Sem combinação prévia a turma se dirigiu para as arquibancadas e sentou-se formando um círculo.

– Esse padre vai estragar nosso time – disse Bolão, sombrio.

Quando irritados, chamávamos os irmãos de "padres", o que os desgostava profundamente. Era difícil opinar sobre quem deveria ser escalado; fatalmente alguém ficaria magoado. Meu olhar procurou o rio. Estava barrento devido à semana de chuvas, mas a manhã brilhava esplêndida. Dali apreciávamos a lenta descida da coxilha, a refinaria de petróleo, as casas de madeira do bairro pobre e finalmente a faixa cintilante e (nesse dia) escura do rio. Sobre ele, a ponte; na outra margem, as barrancas vermelhas, a orla de mato verde, as casas brancas, a igreja com sua torre: Paso de los Libres. De lá da enorme torre da aduana argentina, no trem das três da tarde, viria meu tio Juvêncio Gutierrez.

Não vi nem me interessei pelo final da discussão, mesmo porque de nada valeria nossa vontade contra a do Irmão Arno. Fiquei cismado nas razões da volta de meu tio e de como o delegado ficara sabendo. Talvez houvesse um jeito de avisá-lo, quem sabe procurando seu Domício... Súbita corrente de violência nos eletrizou como a gatos assustados. A turma do Terceiro Científico aproximava-se fazendo provocações. Queriam nos atemorizar. Isso fazia parte do jogo, principalmente duma final. Mas também fazia parte do jogo não se deixar atemorizar.

– As bonequinhas estão fazendo retiro – disse Bento, o capitão do Terceiro, e todos caíram na risada.

– Não é retiro – disse Bolão com voz de homem adulto –, estamos é combinando qual cu de vocês vamos comer primeiro.

Foi a nossa vez de rir. Bento falou:

– Então hoje vocês vão perder o cabaço, porque o time de vocês é de bonequinhas virgens.

– As irmãzinhas de vocês podem passar atestado – disse Bolão.

– Hoje de tarde vocês não vão achar graça – disse Bento.

– Estamos morrendo de medo – disse Bolão –, não vamos nem almoçar.

– Acho bom mesmo – disse Bento, tirando um canivete do bolso, abrindo-o e limpando as unhas.

– Talho de palmo e meio pra mim é vacina – disse Feito às Pressas.

– Então leva isto pra começar – disse Bento, e chutou um punhado de terra na direção de Feito às Pressas.

Bento estava na parte mais alta da arquibancada, onde havia uma faixa de terra e brita. Deu ainda vários chutes. Caiu sobre nós um aluvião de pó. Saltamos, apanhamos punhados de terra e atiramos contra eles. Estava formada uma batalha de terra e pó.

Irmão Thiago, o vigilante do recreio, aproximou-se correndo.

– Parem com isso, parem com isso!

Voltamos para a aula tensos. O jogo seria uma guerra. Eles tentaram nos atemorizar porque não estavam certos de que teriam uma vitória fácil. Pelo menos isso foi o que presumimos, enquanto o Irmão Ângelo, nosso professor de Português, folheava *Os Lusíadas,* buscando um dos Cantos para comentar. Aos sábados líamos Camões, Castro Alves e, muitas vezes, para furor e ironia de meu pai, trechos das obras de Plínio Salgado. Eu não entendia o sarcasmo de meu pai (não entendia direito o que era um integralista) e por isso desfrutava com aflição o sabor daquela prosa lúbrica, pesada, com imagens de sensualismo religioso. Mas subitamente soava a sirena das onze e meia e o coração voava do peito!

Avançávamos para a Praça excitados, combatendo selvagemente com as pastas de couro, dando gritos, antecipando o prazer de encontrar as gurias do Horto, que saíam à mesma hora. Eu não cansava de me espantar com a descoberta da beleza da curva de uma perna, com o desenho de uma mão, com a pele. Descobríamos naqueles dias a beleza feminina. O mundo era, até então, masculino: Roy Rogers, Monte Hale, Rocky Lane, Johnny Mack Brown, Gene Autry, La Paz, Florindo, Oreco, Paulinho, Salvador, Odorico, Luisinho, Bodinho, Larry, Gerônimo e Canhotinho (ou seria Chinesinho?). Agora, as coisas mudavam. Nas noites de minuano eu dormia com as estrelas de Hollywood: Debbie Reynolds, Joan Collins, Jane Russell, Ingrid Bergman, Rita Hayworth, Brigitte, Marilyn... Mas Beatriz me esperava nas escadarias de pedra do Cine Theatro Carlos Gomes. Há três meses aproximadamente trocávamos olhares; há dois consegui coragem para falar-lhe; há um tinha agarrado silenciosamente sua mão. Não chegamos a trocar palavra: alguém tocou no meu ombro.

– Por que tava me encarando, guri? – perguntou Bento, ameaçador.

Surpreendido, gaguejei:

– Não tava encarando ninguém.

– Toma cuidado comigo.

– Não sei por quê.

– Porque eu vou quebrar tua perna hoje.

Acho que Beatriz se assustou, pois me agarrou pelo braço e puxou escadaria acima.

– Vamos olhar os cartazes.

Bento ficou rindo em silêncio, soturno e mau. Era enorme. Todos tinham medo dele. Eu estava com raiva, pois acho que demonstrei temor; e ele percebeu. Ficou me acompanhando com os olhos, lá da calçada. Olhei os cartazes sem o arrebatamento dos outros dias, mas não totalmente imune à sua sedução. Afinal, ali estavam Ava Gardner, Susan Hayward, Gregory Peck e a aristocrática Hildegarde Neff em *As neves do Kilimanjaro*: a África em tecnicolor num sábado à noite...

Acompanhei Beatriz até perto de sua casa, três quadras além da Praça. Era vizinha do Dr. Fagundes, o médico da família.

Havia um louva-a-deus sobre o muro, perto do portão de ferro. Ela mostrou uma expressão de nojo.

– É só um louva-a-deus – eu disse. – A fêmea come o macho depois que fazem amor.

– Bobo.

Havia árvores na rua, que se agitavam suavemente.

– O disco que eu prometi.

Olhei a capa – *Bill Haley & The Comets*.

– O nome do meu time de futebol de salão também é Haley.

– Eu sei.

– Bom... tchau. Até o filme. Vou escutar o disco.

– Tchau. Até o filme.

O uniforme do Colégio do Horto era saia azul-marinho e blusa branca. Devaneando a respeito, parei em frente à Barbearia Vitória. O delegado Facundo estava sentado numa das poltronas, com o rosto ensaboado, um avental cobrindo o corpanzil, o barbeiro Saladino curvado sobre ele, raspando-lhe o rosto. A mulher de Saladino, gorda e oxigenada, tratava as unhas do delegado. O delegado tinha uma vaidade quase repugnante para um homem. Aquelas unhas, lixadas e esmaltadas, nas mãos toscas e brutais, cintilavam, obscenas. O delegado abriu os olhos e olhou para mim. Me afastei. Desci a Duque cabisbaixo. Um táxi (nós chamávamos carro de praça) encostou ao meu lado. Seu Fontanelli botou a cara gorducha pela janela.

– Tchê, avisa teu pai pra não faltar na reunião hoje lá no Dr. Fagundes.

A reunião, uma vez por mês, era do clube Amigos de Beethoven. Reuniam-se para escutar música clássica, especialmente Beethoven. Seu Fontanelli cantava árias de ópera, nos intervalos, acompanhado por Esther, a professora de balé. Continuei meu caminho, e me deixei tomar pelas emoções contraditórias que se desencadearam quando vi o delegado Facundo na cadeira do barbeiro Saladino. Espiei na Livraria, mas meu pai já tinha encerrado o expediente. Às vezes, pensar em meu pai despertava uma culpa inesperada, que me deprimia. Esses sentimentos me assolavam sempre que lembrava a época em que papai ficou *esquisito* – conforme, longe dele, denominávamos seu comportamento no verão em que tio Juvêncio foi ferido.

Cheguei na esquina: o jardim dos Barbará exalou um perfume que eu não soube decifrar. Atravessei a rua, pisei nos trilhos, olhei para o lado da ponte. Demorei os olhos sobre ela – cinza, pesada, imóvel, indiferente, esperando o trem das três da tarde. Pensei no filme da noite: Hildegarde Neff emergindo da água esmeralda do Mediterrâneo, conforme vira no *trailer*, o longo braço lascivo e a mão nervosa, a mão a se apoiar na balsa, a mão pálida e sensual, a mão magra. "A luz do verão é branca como a mão de nossa mãe", escrevi numa redação e ganhei um olhar interrogativo do Irmão Ângelo. Me lembrei disso por causa do perfume do jardim dos Barbará (havia um vaso de adálias sobre a mesa) ou por causa da mão de Hildegarde, mas, de qualquer modo, por um ou outro motivo, fui transportado pela recordação àquela tarde ameaçadora: a cidade sesteava, esperando a tempestade. Tio Juvêncio estava de visita, e nessa época já não morava mais na cidade (foi antes de fugir para a Argentina), já tinha largado emprego e estudos, já vivia com os contrabandistas e todos falavam dele com pena e horror. Inquieto na cama com o silêncio, levantei para beber um copo de água. Saí do quarto feito sonâmbulo, de pés descalços, com a impressão de levitar no calor pegajoso. Avancei pelo corredor na penumbra e já ia dobrar em direção à cozinha quando vi a porta da sala levemente entreaberta.

Parei. Tio Juvêncio e mamãe estavam sentados frente a frente, à grande mesa coberta pela toalha de crochê, o vaso de adálias entre eles. Parei, porque havia algo nos olhos de meu tio que me pareceram lágrimas, e aquilo me assustou. Os dois estavam imóveis e calados. Filtrava através das cortinas de renda branca a luz flutuante do mormaço. A mão de meu tio começou a deslizar sobre a mesa até apanhar a mão de mamãe. Durante um tempo que se tornou disperso e perdido na minha mente, talvez pelo silêncio absoluto, talvez pela sensação nítida do verão esmagando o mundo lá fora, fiquei olhando a áspera mão queimada de tio Juvêncio sobre a delicada mão pálida de mamãe, ambas resplandecentes à leveza da luz que filtrava através das cortinas de renda branca.

Hemingway, Hemingway! (Meu pai, com falsa impaciência.) Ora, francamente, filho, esse americano farsante.

– Farsante, farsante? O senhor leu *Adeus às armas*, leu *Por quem os sinos dobram*?

Meu pai dobrou as duas páginas de *A fronteira* e aproximou-a de seus olhos. Olhou o anúncio do filme.

– Se tu quiser saber sobre a guerra civil na Espanha, tens que ler Orwell, guri.

Aquela superioridade me irritava. Tínhamos chegado juntos em casa e eu surrupiara o jornal debaixo do seu braço e apontara com o dedo a propaganda. Anunciei com toda pompa que o filme era baseado em um conto de Ernest

Hemingway, autor que povoava nossas prateleiras, e fora ele próprio, meu pai, quem me aconselhara a ler; ademais, o filme tratava, em parte, da Guerra Civil Espanhola, um dos temas favoritos dele. A negativa em aceitar a alegria com que lhe comunicara o fato me magoou.

Fui para o quarto, joguei os livros na cama e me joguei atrás deles. Fechei os olhos. O jogo começaria às três horas em ponto e eu dormira mal. A imagem de Juvêncio Gutierrez dentro de um trem carregado de gado povoara meus sonhos. Estendi o braço para o disco que Beatriz me emprestara. Revirei diante de meus olhos a capa, fiquei olhando o ar atrevido do cantor, seus cabelos exageradamente engominados. Sentei na cama e coloquei o disco na pequena vitrola que ganhara no Natal. A voz quente de Bill Haley misturou-se ao grito estridente de Vladimir entrando triunfalmente na casa e arremetendo em direção ao banheiro. Escutei o estrondo da porta batendo. Levantei e espiei. Minha mãe vinha pelo corredor e tinha o ar cansado.

– Alguma notícia? – perguntei.

Ela mostrou surpresa.

– De quem?

– Do tio.

– Teu tio sabe o que faz.

Voltei para a cama. Não entendia o que Bill Haley cantava, não entendia a rejeição de papai, não entendia a frieza de minha mãe. Tinha um jogo decisivo dentro de poucas horas e passara uma péssima noite. Talvez fosse isso, talvez o mal-estar que eu sentia fosse nervosismo pelo jogo. É sabido que muita gente fica assim antes de um compromisso importante. Aquilo me aumentou o mal-estar. Seria eu um desses que ficam com diarreia e suores frios quando têm que tomar uma decisão importante ou participar de algo decisivo? A possibilidade me deixou ainda mais desanimado. A chegada de tio Juvêncio não podia ser um assunto que a família ignorasse solenemente. Decidido, levantei e fui até a cozinha, território de Ifigênia: o fogão a lenha, a geladeira branca, os inumeráveis potes de conservas nas estantes; o cheiro de cebola, alho, azeite, morcilha, legumes, coalhada, queijo, picumã, folhas de eucalipto. Reinava, dourado, expandindo raios de energia clara, um gordo ramo de macela, cravado num vaso de cristal no centro da mesa cheia de talhos e manchas de café. Escuro e amargo, pendurado num canto, o charque era a força secreta da cozinha; nosso alimento xucro; quem nos transmitia os saberes da imobilidade, do silêncio e do prazer sutil e conciso.

– Tio Juvêncio chega hoje, no trem das três horas.

A velha me avaliou um tanto despectivamente, sem deixar de secar a travessa da salada.

– Isso todo mundo sabe.

– Eu sei, mas o que tu acha?

Ela encolheu os ombros.

– Quem sou eu para saber alguma coisa. O teu tio não é bobo. Ele sabe o que faz.

– Mas por que será que ele vem?

– Pergunta pra ele.

Me sentei no toco a um canto da cozinha e fiquei com meu melhor ar de emburrado. Ignorei minha mãe, que chegou enérgica.

— Como estão as coisas, Ifigênia?
— Tá tudo pronto. Pode mandar servir quando quiser.
— Ótimo. Vamos almoçar mais cedo. A Esther vem depois do almoço me ajudar a corrigir as provas. E tu tem jogo hoje de tarde, não é, filho? Vou fazer um suco de limão, Ifigênia.

Como essas mudanças da primavera, que passam de céu limpo e temperatura branda para ventanias e chuvaradas repentinas, o nome de Esther varreu parte de minha melancolia. Acima dos cheiros imutáveis da cozinha lembrei do seu perfume, da sua altura, do enigmático e constrangedor prazer que sua presença me proporcionava.

Minha mãe tinha uma sensibilidade excepcional, ou pelo menos assim me parecia. Ela parou de cortar os limões e me olhou preocupada.

— Está sentindo alguma coisa, filho?
— Nada, ué.
— Passei pela casa da Maria — continuou minha mãe; agora falava para Ifigênia. — Ela está enorme e ainda continua com enjoos. Não dá pra entender. Tem mulheres que são assim. Quando esperava esse menino não podia ver o pai dele. Até o cheiro me dava uma agonia.
— Mãe!

Ela deu uma risada.

— Isto é conversa de mulher. Tu não tem nada que estar escutando. E é um assunto de...
— De gente grande — cortou Ifigênia. — Vai botar a mesa.

Fiquei sentado no toco, costas contra a parede, refletindo que atitude tomar.

– Não sou mais guri – disse, soturno, já prevendo a queda no ridículo.

– Claro que é guri – Ifigênia era implacável.

– Tem temas que são para adultos – disse minha mãe sem convicção.

– Adulto, adulto... como é que alguém sabe quando é adulto? Aposto que ninguém sabe quando é ou deixa de ser.

Minha mãe encolheu os ombros, mas Ifigênia, de costas para mim, mexendo nas panelas, falou:

– Quando o coração da gente se despedaça em um montão de pedacinhos.

Creio que os três ficamos surpreendidos, pois não se disse nada até Bibelô aparecer na porta da cozinha e ficar lambendo a pata, com o olhar dourado posto em nós. Minha mãe tocou de leve no meu rosto.

– Vai botar a mesa. Não te preocupa – sorriu –, isso acontece com todo mundo.

Me levantei com má vontade e apanhei a pilha de pratos.

– Não tô preocupado.

Vladimir me ajudou. Naquele dia me olhava com admiração especial, porque eu iria participar da final. A final inquietava e engrandecia. Embora não entendesse todo o seu significado, Vladimir, pelos rumores e comentários, percebia que era algo grande. Havia, também, outra coisa que ele não entendia – e nem eu – e isso soubemos quando ele derramou o suco de limão na toalha, de propósito.

– Vou dizer que foi tu! – anunciou.

O pequeno Vladimir tinha ciúmes de mim. Trinta anos depois o pequeno Vladimir transformara-se num homem gordo e triste, com o hábito de sorrir antes de iniciar uma frase. Era sorriso torvo, espécie de desculpa antecipada, e, ao mesmo tempo, sarcasmo, escudo a defender a assumida superioridade, a absoluta descrença. Encontrávamo-nos uma ou duas vezes por ano no Viscaya, bar no bairro Petrópolis, em Porto Alegre. Escolhíamos a mesma mesa, num canto junto à janela. Ali se podia beber sem ser incomodado pelas investidas do garçom no afã de empurrar mais um chope para o freguês. Gostávamos de beber com calma. A última vez que nos encontramos no Viscaya chovia. A água escorria pelas vidraças, formando sombras no rosto de Vladimir. As vidraças eram grossas, verdes e alaranjadas, e os reflexos em Vladimir transformavam-no em habitante de um aquário rodeado de chuva.

– Estive em Uruguaiana, na Califórnia do ano passado – eu disse.

– Faz tempo que eu não vou lá. Nem quero. Fazer o quê?

– Ver as pessoas. Lembrar das coisas.

– Não quero lembrar de nada.

– Lembra aquela vez que fugimos para ir pescar? Tu tinha só cinco anos, ou menos. Caiu um baita temporal e ficamos encharcados, tiritando de frio, com medo dos trovões e de voltar para casa por causa do castigo.

– Tio Juvêncio foi nos buscar.

— Chegou a cavalo, trazendo roupa seca e dizendo que não era pra gente ter medo que ele garantia a mão. Nos trouxe de volta na garupa.

— Bem no estilo dele.

Lembro pouco de Vladimir naquele sábado em que tio Juvêncio voltou, a não ser pela história de derramar o suco de limão na toalha. Papai apareceu na porta da cozinha e aspirou o cheiro do almoço com visível satisfação, buscando agradar mamãe e Ifigênia. Eu continuava magoado; não lhe dei atenção. Minha mãe fez sinal para eu passar à mesa e desmanchar a cara feia. Minha mãe e eu tínhamos um segredo: desprezávamos papai. Eu não sabia por que ela o fazia. Meus motivos também não eram claros, mas relacionavam-se com o verão em que tio Juvêncio foi ferido. Nos uníamos naquele segredo que me feria através de sorrisos que ninguém via, de olhares cúmplices quando ele derramava café na camisa, tropeçava no degrau da porta, procurava angustiado os óculos pendurados no nariz.

No almoço papai bebia do garrafão de Damajuana comprado em Bella Unión; fumegava o carreteiro de charque, o feijão de panela, brilhava a moganga caramelada. Antes de tudo, porém, o prato de canja. Neguei-me energicamente a tomá-la, alegando razões superiores. Seria uma traição a meus companheiros me empanturrar e não estar em condições ideais para o jogo. Papai estava calado, pensativo, acariciando o copo do vinho pobre, imperturbável com a movimentação excessiva de Vladimir. Sorriu para mim, reconciliando-se. Desviei os olhos, não respondi ao apelo de paz. Meu pai falou então em Hemingway, elogiando-o vagamente, dissertando sobre a

Guerra Civil Espanhola, a crueldade de Franco, a bravura das Brigadas Internacionais.

Saí da mesa antes de terminar o almoço. Não reclamaram porque intuíam a importância dos meus motivos. No quarto, procurando as chuteiras, espichava o ouvido: nada sobre tio Juvêncio. As chuteiras estavam dentro de uma caixa de papelão sobre um pôster do Peñarol cuidadosamente dobrado em quatro. Desdobrei-o e olhei a grande foto colorida, como a buscar inspiração. Sobre a equipe com camiseta de listras negras e amarelas lia-se, em grandes letras: "La glória se llama Peñarol".

Pedi para Ifigênia engraxar as chuteiras, alegando nervosismo. Na verdade Esther estava para chegar, e eu pretendia impressioná-la, mas não engraxando chuteiras.

– Guri atrevido – disse Ifigênia, mas apanhou as chuteiras. Ela adorava que eu lhe pedisse pequenos favores.

Eu resistia a esses pedidos porque os sentia como um prolongamento da infância e queria me afastar dela o mais rápido possível. Ifigênia era minha inimiga. Ifigênia lutava contra meu crescimento, perseverava para que eu continuasse aquele guri de calças curtas e cabelo espetado, fácil de proteger e amar.

Apanhei sem olhar um livro da estante – um bem grosso – e corri para o portal de entrada. Sentei-me e fiquei tomando o sol do meio-dia. Foi inevitável o alvoroço no peito quando o Gordini azul apontou na esquina, dando um solavanco ao passar sobre os trilhos. Esther desceu do Gordini e parecia maior do que era. Avançou para mim vestindo *slack* negro e suéter de lã vermelha, justíssimo. Esther me confundia –

confundiria qualquer adolescente – porque era precedida, como por uma proa, de dois seios pontudos, misteriosos em sua anatomia, e que me faziam transpirar de febre, à noite, debaixo do cobertor, olhando Jane Russell na capa da *Cinemin*. Era rigorosamente verdadeiro, para mim e para a seita de adoradores secretos de Esther, que ela não tocava com os pés no chão. Parecia flutuar – e isso, pensava, porque era professora de balé.

Levantei quando ela chegou – oi, Esther! –; ela precisou se abaixar para beijar meu rosto, que apanhou com as mãos morenas, de unhas longas, pintadas de vermelho.

Percebeu meu constrangimento, sorriu com os dentes perfeitos.

– Como é tímido esse menino.

Disse "muito bem" ao ver o livro nas minhas mãos e me deu um tapinha na cabeça, o que me humilhou dolorosamente. Entrou na casa fazendo comentários sobre o fim das chuvas, entregando à mamãe um exemplar de *El Hogar* ("Fui a Libres hoje cedo"), beijando papai e comentando como ele ficava mais bonito a cada dia que passava. O perfume dela permanecia no meu corpo – ela usava sempre o mesmo perfume –, instigando uma vertigem de prazer e angústia. Fiquei amassando o livro nas mãos, perdido em devaneios imprecisos, até meus olhos caírem no título: *O tempo e o vento*, primeiro volume, *O continente*.

Folheei vagarosamente o pesado volume, desprendendo-me do devaneio, do perfume, folheei-o preso às anotações de papai espalhadas ao longo das margens, letra miúda em tinta azul. Uma delas dizia: "Grosso barbaridade!", com ponto de exclamação e tudo. Referia-se à cena em que Licurgo Cambará abre uma garrafa de champanhe e faz a rolha saltar até o teto com estrondo.

Não entendia esses pequenos desvios de conduta, mas desconfiava que meu pai fruía alguma satisfação escondida (por julgá-la ignóbil) ao reconhecer, impressos em letra de fôrma, os sinais do mundo que habitava, ainda novo, buscando identidade, e que Erico Verissimo soubera detectar e transformar em epopeia.

Abri o livro ao acaso. Comecei a ler: "Ninguém sabia ao certo como o capitão Rodrigo Cambará entrara na vida de Santa Fé". O adolescente sentado no portal lia sem parar aventuras de Rocambole, Scaramouche, Os Três Mosqueteiros, aventuras que se desenrolavam em países distantes, em castelos de pontes levadiças, em ruas labirínticas, em campos de batalhas trêmulos de estandartes coloridos. O mundo da aventura e da imaginação era privilégio desses países, cujos nomes soavam como promessas de prazer raro e elegante, vedado ao cotidiano da pequena cidade junto ao rio. Mas o poder do artista já tinha soprado vida ao capitão Rodrigo Cambará. O capitão já surgia entre nuvens de fumo e pólvora, investindo contra canhões castelhanos, arrebatando bandeiras. Ah, naquele sábado, no portal da casa, depois do almoço, aquecido pelo sol da primavera, o adolescente ouviu som de patas de cavalo e levantou os olhos da página que lia. O cavaleiro vinha pelo meio da rua de terra, a trote, silencioso e solitário, imponente no poncho negro, chapéu de barbicacho, rebenque pendendo do pulso. O cavalo subia e descia a cabeça inquieta, as crinas relampejavam. O cavaleiro passou em frente ao rapaz, tocou com dois dedos na aba do chapéu e foi se afastando no mesmo trote cadenciado, como uma aparição, ou como se tivesse saído das páginas do livro.

# Capítulo 2

*Hay una hora de la tarde en que la llanura está por decir algo; nunca lo dice o tal vez lo dice infinitamente y no lo entendemos, o lo entendemos pero es intraducible como una música...*

Jorge Luis Borges, *El fin*

O Irmão Arno começou a escrever no quadro-negro a escalação do time: Alemão, Pimpão, Taba, eu (de quarto-zagueiro) e Deco. Tano, Caio e Moca. Cézar, Bolão e Daniel. Nenhuma surpresa. A confirmação de Daniel, o Feito às Pressas, na ponta esquerda era um tanto óbvia, e o Irmão Arno só não a confirmou antes por birra.

Estávamos sentados sobre as carteiras, de calção, meias e chuteiras, mas com o torso nu.

– Senhor Amâncio (era Bolão), pode distribuir as camisas conforme a escalação no quadro-negro.

Depois que estávamos todos vestidos, o Irmão Arno deu um passo adiante, cruzou as mãos na frente do corpo, palmas para baixo, ergueu o queixo e, sem elevar a voz, como se recitasse um texto monótono da aula de Latim, discursou com o sotaque alemão:

– Os que vão jogar têm uma responsabilidade especialmente grande, porque vão nos representar. Pensem nisso como uma honra. Hoje não vamos falar de tática, porque já falamos o suficiente sobre essas questões. Hoje o que importa é a luta. Vamos lutar por cada pedaço de chão. Por cada segundo com a bola. Eu quero que vocês entrem em campo e olhem bem dentro dos olhos do pessoal do Terceiro Científico. Eles precisam saber que vocês não têm medo deles. Hoje é um dia de decisão, mas não importa qual será a decisão. Nem sempre ganhar significa o triunfo. Às vezes, quem perde ganha – fez uma pausa, arrumou os óculos, deu uma apertadinha no nariz. – O campo está embarrado. Vai ser necessário dar balão.

Amava pisar com as chuteiras o chão de lajes azuis, amava ouvir o estalido das agarradeiras no piso escorregadio, amava a camaradagem fugaz que nos unia quando caminhávamos para o campo num grupo desorganizado, solenes e vaidosos, esfregando as mãos, flexionando as pernas, atentos ao adversário que surgia na outra extremidade do corredor, vindo do fundo escuro do refeitório, com as camisas verdes e a faixa vermelha transversal, falando alto, confiantes, provocadores. Amava a sensação do conflito e a expectativa da medição de forças aproximando-se e amava o momento em que chegávamos nas arquibancadas e começávamos a descer os degraus de pedra em direção ao campo verde, recém marcado com cal branca.

Parei no segundo degrau. Dali víamos o rio, a ponte, as duas alfândegas, Paso de los Libres. O trem de Curuzú Cuatiá apareceu na outra margem, entre as árvores, escurecendo meu coração.

Bolão me empurrou.

– Vamos andando, cavalo! Tá pensando o quê?

Seguiu meu olhar, viu o trem.

– Te concentra no jogo, cavalo. Esquece tudo mais.

O trem apitou. Bolão estremeceu junto comigo; num arranco começou a bater palmas, a gritar, espantando algum presságio ruim.

– Garra, macacada! Quero garra! São onze contra onze. O filho da puta que refugar dividida vai se ver comigo depois do jogo. Futebol é pra macho!

Tano deu um soco no ombro de Bolão.

– Para de encher o saco, tonel de banha. Vamos ver eles de perto.

Eu queria fazer uma grande partida e ganhar o jogo. Na próxima semana sairia a convocação para os Jogos da Primavera, quando o Santana enfrentaria o União e o Colégio de Libres. Não havia um só aluno do Santana que jogasse futebol que não sonhava em vestir a camisa azul com as letras douradas no peito. Enchi os pulmões de ar e comecei a descer os degraus poupando energia, dirigindo minha raiva contra o pessoal do Terceiro Científico, especialmente contra Bento. Mas o trem, lá longe, diminuindo a marcha, aproximando-se da aduana argentina, começando a parar, desviava minha atenção. Tio Juvêncio estava numa armadilha. O silvo agudo do apito me trouxe de volta ao campo do jogo. O juiz seria o Irmão Thiago, o melhor juiz do Colégio.

– Os dois capitães aqui – chamou Irmão Thiago com a bola embaixo do braço.

Bento passou por mim, repetiu com o olhar que iria quebrar minha perna. Cuspi no chão com desprezo. Não tinha medo dele, embora tivesse. O trem estava parado lá na outra extremidade da ponte, carregado de gado. Meu tio estava a poucos minutos de ser preso.

— Quero um jogo leal — avisou o Irmão Thiago. — Lembrem-se que são alunos de um estabelecimento católico e têm que dar exemplo. Jogo forte é uma coisa, violência é outra.

Eu de olho no trem — um trenzinho de brinquedo. A travessia da ponte durava dez minutos. Em dez minutos estaria na aduana brasileira, se é que não o pegavam por lá mesmo.

— Apertem as mãos — disse o Irmão Thiago.

Bolão e Bento se desafiaram com os olhos. Apertaram as mãos com força. O trem apitou. Eu não teria o sobressalto que tive se soubesse que, perto do meio-dia, o coronel Fabrício entrara na sala do delegado Facundo e, antes de sentar na cadeira de palha, largara, sem a menor cerimônia, o relho de couro cru trançado em cima dos papéis da mesa.

— Nesse trem vem uma tropilha que me custou uma fortuna. Se eu perder um só animal por causa de tiroteio com esse renegado, tu vai pagar caro, Tilico.

— Só vamos tomar providências contra o homem depois que a tropa for descarregada, coronel. O senhor tem minha promessa.

O coronel ergueu-se da cadeira de palha, apanhou o relho. O anel de brilhante no dedo mínimo teve uma cintilação. O Irmão Thiago apitou: Bento deu um toque na bola para seu meia-direita, que atrasou para o volante. Ouvi gritos do Alemão atrás de mim, mas não dei atenção, corri para colar em Bento. O volante deles deu um passe para o ponta-esquerda, Cézar foi em cima dele, mas sem vontade. Percebi que estávamos nervosos, havia muita gritaria. O ponta-esquerda foi para cima de Pimpão, passou por Pimpão fácil demais (medo?) e deu para Bento. O trem apitou; o trem começou a se mover...

Senti as pernas geladas. Sobre a ponte, alta de vinte metros, o trem avançava trazendo meu tio Juvêncio Gutierrez! Bento, de cabeça baixa, ameaçou dar para o ponta, o trem apitou outra vez, o frio cresceu, Bento entrou na área, Alemão gritou: "marca, marca", avancei sobre Bento, Deco também avançou, Bento desviou a bola para o ponta livre da marcação de Deco, o ponta tocou a bola para as redes ante o olhar atônito de Alemão. Fechei os olhos, merda merda merda, abri os olhos. Bento batia no peito com os punhos cerrados. Alemão me olhava. Deco foi buscar a bola. O Terceiro Científico caiu inteiro sobre Bento, rolaram no chão. Trinta segundos de jogo. Íamos tomar um monte. O culpado era eu. Vacilei, Deco sentiu, veio me cobrir, deixou o ponta solto. Bolão surgiu na minha frente, possesso:

– Te concentra, porra! Te concentra no jogo!

O trem avançava sobre a ponte. Não sei se realmente ouvia seu ronco compacto ou afundava numa espécie de ilusão que me enraiveceu, porque me fez caminhar dando passadas duras em direção ao centro do campo, onde a bola era novamente colocada.

– Vamos reagir – eu disse, febril. – Vamos reagir, cambada, vamos baixar o pau daqui pra frente!

Deco se aproximou:

– Na lateral não fica mais ninguém em pé.

Taba levantou o polegar.

– Ninguém em pé.

Os dois eram os únicos da turma que jogavam futebol na várzea. Nossa defesa era boa. Eu gostava dela. Senti que se aproximava a turva alegria que às vezes experimentamos num jogo de futebol, feita de suor e cansaço, capaz de proporcionar uma espécie de êxtase primário mas completo. Quando Bento retomou a bola e avançou com o sorriso superior, dei um carrinho feroz que o fez rolar na grama enlameada.

O Irmão Thiago correu na minha direção. Bento, cego de ódio, dedo em riste, esfregava a canela:

– Vou mesmo quebrar essa tua perna, filho duma puta!

– Por aqui não passa mais ninguém e se tiver uma perna quebrada hoje vai ser a tua.

O Irmão Thiago se encostou em mim, ofegante:

– Na próxima, rua!

A falta foi cobrada, mas desta vez neutralizamos a jogada e afastamos o perigo. O time respirava. Sentia uma força crescer dentro de mim, percebi o trem chegando na nossa Aduana. Ouvi até mesmo o rangido das rodas freando. O Terceiro tentava novo ataque – eles queriam decidir tudo logo no começo; se marcassem mais um gol nos próximos minutos, seguramente não teríamos forças para reagir. Foi a vez de Deco fazer uma falta forte, furioso com seu irmão, Moca, que tentou tirar de letra um passe para Bento. Bento levantou-se sem reclamar, apenas deu o sorriso sádico na direção de Deco. Tá marcado, putão. O trem começou a se mover, o trem passou entre as duas torres, o trem apitou na primeira curva, logo depois de sair do perímetro da Alfândega. Imaginava-o dentro do vagão, espiando pelas frestas, reconhecendo a cidade, reconhecendo as casas, as cores, os cheiros, algum rosto, velhas árvores, caminhões, carros, o palacete dos Barbará. Imaginava-o com o coração pesado. "Te concentra, porra!", gritou Taba a meu lado e percebi que o Terceiro vinha outra vez, pelo lado de

Deco, que deu um calço no ponta deles e o derrubou numa poça de lama. O Irmão Thiago correu para Deco: "na próxima, rua!". Afastei a bola de cabeça, Bento tentou me acertar com o cotovelo, mas errou, dei uma risadinha de resposta, ouvi o apito do trem: estaria passando na esquina de nossa casa. (Espiando pelas frestas ele via a pracinha, as canchas de tênis, nossa casa. Mamãe estaria à janela para vê-lo passar? Agora, entendia: ele mandara o recado talvez para esse único instante, para vê-la à janela, num fugaz momento, para vê-la à janela talvez com o livro na mão, por um segundo, para vê-la à janela e depois ver casas de madeira ao longo dos trilhos, um homem a cavalo, crianças jogando bola, cinamomos, eucaliptos, postes de eletricidade, a tapera do cachorro louco.) A bola vinha para a área, perigosa, embarrada, enfiei o cotovelo nas costelas de Bento e me antecipei, cabeceei para baixo, a bola picou no barro e subiu pouco, Moca deu uma bicicleta e afastou, ficou no chão, feliz, Moca era um artista. Tentamos nosso primeiro ataque, Bolão foi atropelando, cabeça baixa, dando cotoveladas, chegou perto da área, o Irmão Thiago apitou falta de Bolão, nosso time inteiro ergueu os braços indignado, o Irmão Thiago ficou vermelho, "não vou tolerar indisciplina, comportem-se como cavalheiros". Quinze minutos de jogo. Já estávamos quase refeitos do baque do gol relâmpago, mas ainda não conseguíamos atacar: nossa arma, o contra-ataque, ficava anulada com a vantagem deles. Precisávamos organizar investidas, e não apenas esperar uma falha do adversário, para dar a pontada rápida, fulgurante, nossa especialidade.

O Terceiro parou de atacar, sentindo nosso impasse, e o jogo começou a se arrastar no meio de campo. Já estávamos completamente enlameados, a bola pesada, e o campo perigoso. Bento tinha diminuído o ardor inicial, parecia cansado, mas de vez em quando se aproximava e dizia: "falta fazer o meu, seus veados, falta fazer o meu". Se não o prenderam na nossa Aduana, fatalmente será preso na Estação. (Nessa noite, encostado ao balcão do Átila, o judeu Amador contou que estava na porta de sua loja, em frente à curva da Estação, onde o trem diminuía a marcha, quando viu a porta do vagão se abrir e apareceu a figura dentro da capa negra. Juvêncio Gutierrez pulou para o chão ("leve como uma pluma", disse Amador) enquanto o trem continuava a marcha. Juvêncio Gutierrez colocou o chapéu na cabeça e bateu com as mãos na capa e na bombacha para tirar o pó.

– Entonces ele me viu, e me saludó tocando na aba do chapéu. A capa era um pouco de exagero, até porque estava fazendo um solito lindo e começava a esquentar. "Como vai passando, seu Amador?", ele me disse do outro lado da rua, e deu duas passadas compridas e ficou coladito à parede porque tinham aparecido dois brigadianos detrás dos eucaliptos do terreno baldio.

Falta a nosso favor. Falta perigosa, perto da meia-lua, bem defronte do gol deles, especialidade de Moca. Bateu de curva, a bola foi se enroscando no ar, deixando um rastro de lama, o goleiro resvalou, ficou vencido, a bola começou a descer, nosso coração parou, a bola desceu, vi a mão do goleiro se agitar como uma mão em agonia, a bola estourou na quina do travessão (o baque ainda ressoa na minha memória), a bola voltou, foram cinco em cima dela, todos caíram, alguém espichou a botina, empurrou-a para escanteio, vimos a bola descer o barranco entre os eucaliptos, ficar picando na rua ensolarada, ouvi pela primeira vez os gritos da torcida.

(O chefe da Estação caminhava de um lado para outro na plataforma, nervoso. O coronel Fabrício tinha invadido seu escritório e agora estava escarrapachado na sua cadeira, com as botas em cima da mesa e o relho sobre os papéis, com a maior sem-cerimônia. O chefe da Estação sobressaltou-se quando ouviu o apito do trem. Olhou o relógio na parede do edifício: três e vinte e sete. Não poderia estar mais pontual. Havia brigadianos por toda parte, escondidos atrás dos vagões, escondidos atrás das locomotivas, escondidos atrás dos pilares e das pilhas de carga, todos com mosquetões e baionetas. O delegado, de óculos escuros, dentro do carro, fumava o charuto. O trem foi entrando na Estação, lentamente. A Estação estava mais deserta do que nunca. Parecia uma estação fantasma. O chefe da Estação começou a transpirar na palma das mãos.)

Feito às Pressas colocou a bola na marca para bater o escanteio. Fui para a área tentar a cabeçada, Taba também foi, ouvimos a voz do Irmão Arno gritando da beirada do campo: "voltem, voltem, não percam a calma". Feito às Pressas bateu mal – a bola estava muito pesada e ele tinha o chute fraco. Feito às Pressas era excessivamente magro, de pernas finas. Jogava com seus óculos de lentes grossas, amarrados na nuca com uma tira. Bolão lhe dirigiu palavrões, o Terceiro Científico arrancou numa escapada rápida. Entraram na nossa área, a bola se ofereceu a Bento, ele armou o chute perto da marca do pênalti, meti o pé e calcei na hora, Bento voou por cima da bola, o Terceiro em coro gritou "pênalti, pênalti", mas Irmão

Thiago com gestos mandou o jogo seguir: "ele calçou a bola, ele calçou a bola!".

Foi o único lance digno até o final do primeiro tempo. Não conseguimos mais nenhum ataque importante. Bolão chutou uma bola da intermediária deles, defendida pelo goleiro. Começamos a dar balão, atendendo aos pedidos do Irmão Arno, muito tenso, vermelho, gesticulando e gritando, mas a defesa do Terceiro tirava tudo de cabeça. Saímos calados, na arquibancada paramos para descolar o barro das chuteiras, Bento passou por mim, "vou deixar tua perna pra o finzinho".

A conversa na sala de aula foi difícil. Precisávamos pelo menos empatar o jogo e levá-lo para a prorrogação. Bolão estava cada vez mais intratável. Começou a gritar com Feito às Pressas, o que obrigou a intervenção do Irmão Arno. Voltamos para o segundo tempo mais nervosos do que no início do jogo – em compensação, eu agora estava totalmente calmo. Não entendia o fenômeno, mas era certo que a visão do trem na ponte me perturbara. Agora, tudo que tinha de acontecer já tinha acontecido, e tratei de não pensar mais em meu tio. Apenas, quando descia as arquibancadas, me lembrei: o primeiro jogo de futebol que assisti foi na garupa do cavalo dele, aos cinco ou seis anos. Tio Juvêncio era patrono de times da várzea, especialmente do Andradas – talvez pela camiseta. O Andradas era jalde-negro, camisa listada de amarelo-dourado e preto, como o Peñarol e o Esporte Clube Uruguaiana. Uma vez por ano meu tio contribuía com um jogo de camisetas novas para o Andradas. No fim de cada partida pagava uma rodada de cerveja para a equipe no bar do Átila, não importando o resultado. Gostava de dar palpites na escalação, mas na hora do jogo era respeitador da autoridade do técnico. Assistia às partidas montado no cavalo (nessa época era um tordilho, o árabe ganhou depois, numa aposta) dando voltas no campo, incentivando os jogadores. Gostava de soltar foguetes a cada gol e uma vez invadiu o campo a cavalo para participar dum tumulto.

Pisei no campo e apaguei meu tio da cabeça. Ia me jogar inteiro no segundo tempo, ia participar dele com desespero, ia fazer dele a razão de minha vida nos próximos quarenta e cinco minutos, e essa decisão me encheu de uma felicidade perversa. No primeiro minuto senti o caráter que a partida tomaria. O pessoal do Terceiro permitiu que avançássemos até a intermediária deles, com facilidade, e ali nos cercaram. Foi uma armadilha astuta. Não tínhamos habilidade nem força para vencer o bloqueio – e o contra-ataque ficava sendo a arma deles. A angústia atravessou nossa equipe. Recordo o jogo como um mural com figuras patéticas, musculosas, retorcidas, esbravejando contra uma muralha intransponível. É uma imagem tola, mas aquele segundo tempo foi algo parecido: músculos, suor, angústia e barro. Nos minutos finais do jogo estávamos completamente negros, exaustos, a bola pesava, o Terceiro dava chutões para longe, derrubava, puxava pela camisa, Bento deu uma cuspida no rosto de Bolão.

Bolão jogou-se sobre ele, dando socos e pontapés. O Irmão Thiago separou-os, com calma, esperou que se recompusessem e apontou com o dedo na direção das escadarias para Bolão. Estava expulso.

– Ele me cuspiu.

Saiu rindo, debochado, sentindo que caíra na armadilha. Ficamos desarvorados, perdemos nossa força ofensiva, o Terceiro fez mais algumas provocações, percebíamos os minutos passando e não conseguíamos inventar nada para furar a barreira de pernas e corpos. Feito às Pressas foi o mais valente do jogo. Correu por todo o campo, deu cabeçadas, enfiou o dedo na cara de Bento, que riu e abriu os braços com ar inocente para o Irmão Thiago. Mas Feito às Pressas cedeu à pressão e nos últimos minutos começou a chorar enquanto corria em desespero, empurrava, dava pontapés a esmo, esmurrava o ar. Acho que também fiz algo parecido nos minutos finais. Sei que houve um escanteio, nossa última esperança, e Taba, Deco, Pimpão e eu nos jogamos como loucos contra a muralha do Terceiro, fizemos uma falta grotesca no goleiro, empurramos a bola para dentro e depois cercamos o Irmão Thiago, possessos, exigindo o gol. Ele sacudiu as mãos acima da cabeça, deu um longo apito e acabou o jogo. O Terceiro Científico começou a se abraçar e a pular, das arquibancadas vieram seus colegas de turma, fomos saindo rapidamente, sem cumprimentar ninguém, um tanto constrangidos pela falta de esportividade quando vimos o Irmão Arno em campo apertando a mão deles, um por um.

Bolão esperava Bento no corredor.

– Quero falar contigo, seu fresco.

Bento acertou um soco no supercílio de Bolão. O tumulto foi rápido, foram separados, "aqui no Colégio não, aqui no Colégio não".

– Muito bem – disse Bolão. – Na Praça, às onze, se tu for homem.

– Na Praça, às onze. Tu vai te arrepender de ter nascido.

Debaixo do chuveiro Bolão massageava o supercílio inchado. Me olhou, autoritário.

– Quero te ver lá na Praça esta noite.

Fui o primeiro a sair do Colégio. Ao contrário dos outros jogos, quando vínhamos em bando, caminhei sozinho pela Bento Martins, rapidamente, em direção à Praça. Lá saberia notícias de meu tio. A cidade parecia perfeitamente normal. *A lo mejor*, não tinha acontecido nada de grave. Tudo não passava de impressão minha, além de bravatas e conversa fiada.

O carro de praça de seu Antonelli parou ao meu lado.

– Teu tio tá enrascado, guri.

O braço peludo pendia do lado de fora. Examinou minha expressão.

– Vem comigo.

Entrei no carro. Ele parecia preocupado.

– Não compreendo como um tipo *canchero* como ele foi cair numa fria dessas.

Seu Antonelli era um gordo suave, peludo, romântico e compacto. Cantava em batizados, casamentos, missas solenes, mas cantava principalmente durante a madrugada, nos bares e bordéis de Uruguaiana e Libres.

– Esta noite pretendo cantar uma ária do Bizet. Avisaste teu pai?

– Avisei.

– Teu pai é um dos únicos que entende a ópera. A turma se engana com a ópera. A ópera é uma arte completa. É teatro, é música, é poesia, é tudo. As pessoas não entendem, pensam que a ópera é uma coisa do passado, uma coisa de mau gosto. Mau gosto! Isso é o que mais me dói.

Me olhou com o canto do olho.

– Tu já escutou ópera?

Fiz que não com a cabeça.

– Claro que não. O que a gurizada de hoje escuta na rádio são essas coisas barulhentas que os americanos inventam. Nisso teu pai tem razão. Não concordo com as ideias políticas dele, mas ele é um dos únicos que entende de ópera aqui na cidade. Mesmo lá, nos Amigos, a turma é mais chegada num concerto sinfônico, numa cantata. Ópera tá por baixo. Mas não vai ser pra sempre. Hoje vou cantar uma ária do Bizet. Ele é francês, fez "Carmen", conhece? – Cantarolou para mim uma canção dramática. – Bizet! Opera é coisa de italiano, mas esse francês sabia o que fazia. O Dr. Fagundes torce o nariz, diz que Bizet é vulgar. O Bizet, vulgar!

Freou de repente. Dois brigadianos, no meio da rua, faziam sinais. Um deles se aproximou, seu rosto apareceu no quadrado da janela.

— Daqui pra frente não pode mais passar. O senhor tem que dar a volta.

— Não pode passar por quê?

— Segurança. Pode dar um tiroteio a qualquer momento. Estamos com um bandido cercado num armazém lá na Estação e ele está armado. O senhor tem que dar a volta daqui.

— Estou com um passageiro. Só deixo ele em casa e dou meia-volta.

— Não pode passar. Todas as ruas que levam pra Estação estão bloqueadas.

— Quem é o bandido?

— O contrabandista Juvêncio. Desta vez ele não escapa. E até pelo jeito não quer mesmo. Diz que não se entrega.

— Não se entrega?

— Não. E não tem como escapar. Tá cercado. Deve estar louco.

Ouvimos um tropel. A cavalo, dez ou doze brigadianos passaram ao lado do carro; iam para os lados da Estação. Olhei as pernas dos cavalos, os músculos tinindo, as esporas. Os soldados tinham os rostos duros, determinados. Seu Antonelli deu uma ré, e começou a voltar.

— Não podemos fazer nada.

Rodamos várias quadras em silêncio.

— Pelo jeito hoje não vai ter a reunião dos Amigos.

As palmas das minhas mãos estavam úmidas.

— Bizet, vulgar. Pode? O Dr. Fagundes acha... Sabe como fiquei conhecendo teu tio? Eu estava cantando lá no cabaré do Ivo, depois duma noitada no Treze. Isso já faz tempo... Estava cantando Verdi, imagine, quando começaram a me interromper. Eram três fuzileiros navais que insistiam pra que eu cantasse samba. Eu não dava bola, mas eles insistiam, e a coisa foi começando a ficar chata. Teu tio estava numa mesa com uma percanta, a Mirta, se não me falha a memória, quando se levantou com a mão apoiada no cabo da faca e disse: "deixem don Antonelli cantar o que tem vontade, o próximo que rir vai me deixar na obrigação de ensinar respeito à boa música". Disse isso com toda educação e com uma calma que me deu nos nervos. Eu pensei, bueno, tá armado o bochincho. Mas ele falou com dignidade, dando um tom moral ao que dizia. Não era um desafio. Os navais entenderam, e além do mais também gostavam de música, eram fantásticos na batucada. Acabamos todos juntos bebendo e cantando.

Seu Antonelli assumiu um ar nostálgico.

– Fiquei amigo dele. Era o único com quem eu podia falar destes assuntos: música, poesia, essas coisas... Aqui nesta cidade isso é difícil. Claro que falo com teu pai e com o Dr. Fagundes, mas é diferente. Esses estudaram, tem uma cultura que eu não tenho, nem teu tio. Nós conversávamos assim, vamos dizer, de ouvido. Um dia trauteei um trechinho de Bizet pra ele e disse: "não é uma beleza?". Sabe o que ele me respondeu? "Eu gosto", ele disse, "mas a beleza é inatingível, don Antonelli". Entendeu? "Eu também não. Esta noite eu pretendia cantar Bizet, mas acho que não vai dar.

Sacudiu a cabeça vagarosamente, pensando (acho) no assombro que a vida prepara dia após dia.

– Como é que um homem *canchero* como teu tio foi se meter nessa arapuca?

Em direção ao carro, puxada por um cavalo baio enfeitado com penas coloridas, vinha uma carroça. Seu Antonelli deu várias buzinadas.

– É o Martha Rocha.

O condutor era um rapagão forte, musculoso, com trejeitos efeminados.

– Oi, coração – disse Martha Rocha. – Como vai esse cantor?

– Esse cantor vai indo. Como vai a vida pecaminosa, Martha?

– Às mil maravilhas. Interessado?

– A patroa não deixa. Tu vem da Estação?

Martha Rocha confirmou, sombrio.

– A coisa tá braba. Tô indo lá no seu Ivo avisar a Mirta. A pobrezinha deve estar morrendo de aflição.

– Avisar o quê?

– Ué, que o homem tá lá, atrapado.

– O que tu sabe, Martha? Este rapaz é sobrinho dele.

Me olhou com interesse. Martha Rocha tinha os cabelos pintados de vermelho, maquilagem carregada e usava brincos. Os olhos azuis estavam sérios.

– Só sei o que eu vi. Cheguei na Estação lá pela uma, fui esperar o trem da Barra. Vocês sabem, eu carrego ração para o quartel. Quando me dei conta começou a chegar brigadiano armado como quem vai pra uma guerra. Mandaram embora todo mundo que estava lá. Pelas duas chegou o coronel Fabrício na Rural, dirigida pelo neto, que fez que não me conhecia.

– Não te tocaram de lá?

Encolheu os ombros.

– Não me deram bola, fui ficando. Eu não sabia dessa história de que seu Juvêncio vinha, achei a maior loucura. Então de repente a Estação ficou completamente silenciosa, se ouviu o apito do trem chegando, e os brigadianos todos bem escondidinhos. O trem foi entrando devagar, até parar na plataforma, e ficou ali um montão de tempo sem que acontecesse nada, até chegar a peonada do coronel Fabrício que abriu as portas de um vagão e aí eu levei a maior surpresa da minha vida.

Uma onda nervosa, muscular, elástica, branca; crinas, relinchos, patas. Perfeitos, cavalos e mais cavalos alvos como a neve ou como o que seja alvo saltavam para o curral relinchando, escoiceando, assustados, cegos pela luz, dando corridas circulares, mexendo as cabeças.

– Debruçado na cerca, o coronel parecia uma criança. Tinha até lágrimas nos olhos. Eu nunca vi uma coisa tão bonita na minha vida.

Martha Rocha fez um gesto de fastio.

– Depois os brigadianos começaram a aparecer.

(Imagino meu tio dentro de um daqueles vagões, imóvel, sem respirar, tocando o cabo do 45 na cintura, apoiado contra uma parede, mordendo o palheiro.)

– Revisaram vagão por vagão e nada de encontrar seu Juvêncio – continuou Martha. – Estavam com ar de ódio e começaram a dar pontapé em tudo. O tenente passou bem ao meu lado e berrou para o delegado, o homem desapareceu como por encanto.

O delegado Facundo empalideceu. Esmagou o charuto no capô do carro.

— Foi aí que apareceu um brigadiano correndo feito louco, dizendo que tinha visto o homem num armazém da Estação.

O jipe da Brigada, o carro do delegado, cavalos, cães amestrados, trinta e cinco fuzis cercaram o armazém. O delegado aproximou-se, solene, lento, importante. Examinou o edifício com ar de perito, deu algumas ordens, ajeitou os óculos escuros.

— Mandou que ele se entregasse, mas ninguém respondeu — contou Martha Rocha. — Aí o delegado mandou outra vez ele se entregar se tinha amor à vida, quando ouvi a voz de seu Juvêncio bem clara: "vem me buscar se tu é bem macho, delegado filho duma puta!".

Especulo seu pequeno prazer, sua secreta razão, sua aparente loucura. Imagino sua figura alta junto a uma janela de vidros quebrados e sujos, olhando para fora. Tento, mas não consigo imaginar seus pensamentos.

— Vou dizer pra Mirta judiar bastante do delegado quando ele for atrás dela.

Desnecessário pedir a Mirta del Sol para maltratar o delegado Facundo. Isso tornara-se uma das suas obsessões. Quando bebia, o que era quase todas as noites, tornava-se cruel e escarnecedora, e então aproximava-se do delegado com um sorriso enigmático e o dedo indicador apontado para suas costas. Era o suficiente para ele contorcer-se em cócegas terríveis. O delegado dobrava o corpo, esquivava o dedinho ameaçador, recuava, escorregava pelos cantos, começava a não poder reprimir um riso abafado que o envergonhava, a não poder impedir que as lágrimas escorressem de seus olhos, e essa impossibilidade o transportava para próximo do pavor. Implacável, Mirta o perseguia pelos corredores: atravessavam o pátio calçado, invadiam quartos, derrubavam cadeiras. O delegado entregava-se de vez ao pavor infantil e soluçava grotescamente "não, não, não", até cair sobre a cama, soluçante, exausto. Mirta mordia seu pescoço com fúria.

O estalo da língua de Martha Rocha despertou o cavalo.

– Preciso descarregar o frete. E acender uma vela para a Virgem de Luján.

Quando cheguei em casa, o Gordini de Esther ainda estava estacionado na frente. Encontrei-a na sala com mamãe. Pelo jeito as notícias tinham chegado antes de mim: era evidente que Esther chorara. Minha mãe tinha os olhos secos e manejava com serenidade uma xícara de chá. Há muitos anos eu descobrira que mamãe procurava aperfeiçoar o domínio dos sentimentos, com a persistência com que outras pessoas buscam a riqueza ou o conhecimento. Ela tinha no colo o exemplar de *Os frutos da terra*. Os olhos de Esther me viram e despejaram aflição.

– Alguma notícia?

– Fui até a Estação. Ele está cercado. Parece que não vai se entregar.

Esther colocou no rosto as longas mãos aristocráticas. Fui para o quarto. Deixei a sacola sobre a mesa e joguei-me na cama. Tinha o corpo dolorido. O tornozelo latejava. Escutei a voz de minha mãe.

– Chorar não adianta.

– Eu não tenho essa tua calma. Eu sou uma pessoa muito nervosa, tu sabes muito bem. Eu não consigo parar de pensar.

– Ele detestava esse tipo de comportamento, Esther.

– Detestava?

Silêncio.

– Detesta. Acho até que por isso que ele não ficou contigo. Porque no fundo sabia que tu ia acabar reagindo assim, como uma mulherzinha histérica qualquer. É o que ele mais detesta.

Deitei-me na cama, apoiei a cabeça na parede, fiquei escutando o silêncio que vinha da sala. Minha mãe tinha sido cruel, e sabia. Sua voz voltou aplacada, com uma desculpa implícita.

– Este é um dos trechos que ele mais gostava. É sobre as estrelas.

Prestei atenção. Esther deve ter apanhado o livro, pois começou a traduzir numa voz hesitante:

– "A rota de cada uma está traçada, e cada uma encontra sua rota".

Fechei os olhos. Quantas vezes vi tio Juvêncio sentado naquela mesma poltrona, nas noites de minuano, lendo em voz baixa o pequeno volume de capa dura. A voz de Esther chegava como um murmúrio e comecei a acompanhá-la, recitando também o poema que conhecia de cor:

– "...cada estrela escolhe sua rota segundo o destino que lhe coube; e é preciso que deseje esse destino; esse destino, que nos parece fatal, é o favorito de cada uma delas, donas que são de uma vontade perfeita. Um amor deslumbrado as guia".

Em muitos domingos pela manhã, quando saíamos de piquenique pelos arredores, tio Juvêncio nos acompanhava montado no cavalo; vinha com os cabelos negros turbilhonando; vinha vestido com uma camisa deslumbrantemente branca; vinha de bombachas largas, claras; vinha calçando alpargatas brancas compradas em Bella Unión, Uruguai. (Sobre o árabe meu tio era claro como um sol.) Num susto, passava trovejante à nossa direita; mal respirávamos e estava na esquerda, fazendo continência para papai, bufando ao volante; piscava o olho para mim e para mamãe, o que nos fazia rir de felicidade, saltava a cerca da carreteira e disparava desatinado pelo pampa. Aplaudíamos, gritávamos, batíamos palmas, para mortificação de papai. Num desses passeios, já próximo do crepúsculo, quando silêncio finíssimo imobiliza a imensidão (com a exceção cruel dos quero-queros), tio Juvêncio surgiu a cavalo de um capão cheio de sombras e se dirigiu a nós, serenamente. Estávamos sentados na grama, sobre uma colcha de retalhos. Vladimir brincava com soldadinhos invisíveis; papai fumava pensativo, um pouco afastado, costas contra o tronco do umbu que nos dera sombra. Mamãe lia para mim trechos de *Os frutos da terra*. Tio Juvêncio desmontou e sentou a nosso lado. Retirou o livro das mãos dela. Olhou a capa; quase apareceu um sorriso nos seus lábios. Procurou uma página e leu, num francês que me pareceu perfeito:

– "Et quand tu m'aurais lu, jette ce livre – et sors. Je voudrais qu'il t'eut donné le désir de sortir – sortir n'importe oú, de ta ville, de ta famille, de ta chambre, de ta pensée".

Ergueu os olhos para mim:
– Sabe o que isso quer dizer, guri?

Sacudi a cabeça. Tio Juvêncio começou a traduzir, sem ler as linhas na página, olhando nos meus olhos, lentissimamente:

– "Quando me tiveres lido, joga fora este livro – e sai. Gostaria que ele tivesse transmitido para ti o desejo de sair – sair não importa de onde, de tua cidade, de tua família, de teu quarto, de teu pensamento".

Terminou a fala e já não olhava mais para mim. Seus olhos estavam nos olhos de minha mãe. Meu tio fechou o livro e o devolveu. Papai nos observava. A luz do crepúsculo descia sobre nós. Fiquei examinando os enormes olhos negros de tio Juvêncio, mas não descobri o significado da intensidade que os ensombrecia.

Encolhido na cama, cabeça apoiada na parede, as figuras diluindo-se na luz crepuscular, ouvi mamãe e Esther se despedirem.

– Acho que ele sentia muita saudade...

Mamãe respondeu qualquer coisa que não apanhei. A porta do carro bateu, o Gordini arrancou. A casa mergulhou num silêncio extraordinário e ninguém acendia as luzes. Não vi meu pai. Talvez estivesse no quarto, mexendo nos botões do rádio, procurando vozes distantes, estranhas. Bateram de leve na porta.

– Não quer tomar um café? – Era minha mãe.
– Não tenho vontade.

– Como foi o jogo?
– Bem.
– Ganharam?
– Não.
Ela ficou um instante parada na porta e depois se retirou. Fico no escuro.
Imagino tio Juvêncio agachado sob a janela do armazém consultando o relógio de prata: falta um minuto para as seis da tarde. Ergue-se, cauteloso; espia os brigadianos lá fora.

À primeira badalada do Angelus desencostei da cabeceira da cama e, alerta, perscrutando o escuro, desconfiado do sobressalto que me sacudiu, mergulhei num pantanal de pensamentos amargos. Não sei em que estaria pensando Juvêncio Gutierrez, mas imagino que um homem preso numa armadilha olhe para si mesmo com honestidade e deseje enxergar seus atos e a si mesmo no esplendor pleno da nudez. À perseguição de esplendor semelhante eu vivia. Eu crescia. Percebia meus braços, minhas pernas, meus pelos crescerem secretamente, mudarem meu jeito de ser, me transformarem num estranho para mim mesmo que se contemplava no espelho com susto. À última badalada do Angelus levantei da cama. Pisei no chão, senti o tornozelo dolorido. Dores apareceram em várias partes do meu corpo. O jogo fora violento. Lembrei-me da briga marcada para depois do cinema; a lembrança passou por mim como a oferenda de um anjo formoso e cruel. Fui até o banheiro sentindo um cansaço a que não estava acostumado. O banho quente me poria em forma. Queria passar na Estação e sabia a necessidade de estar preparado para qualquer eventualidade. Mas eu estava dividido: a sessão das oito me atraía com o charme das luzes, das vozes, das mulheres maquiladas. A magia da sessão das oito, aos sábados, só perdia, ocasionalmente, para os grandes espetáculos dos domingos, com filmes grandiosos em produções de luxo. O clima, a graça, o fru-fru das roupas do sábado eram irrepetíveis na solenidade melancólica do domingo, na antecipação azeda da segunda.

Meu pai escutava rádio. Sintonizara a Rádio Charrua e o repórter falava diretamente da Estação.

– "Está aqui conosco o delegado de polícia da nossa cidade, doutor Facundo Ramírez. Muito boa noite, delegado, aliás, uma noite movimentada, não é mesmo? Delegado, estive observando o senhor daqui e vi que o senhor não se agacha nem mesmo quando o tiroteio é cerrado, como foi agora há pouco. Por que o senhor procede dessa maneira, por que o senhor não se agacha como os outros?"

– "Não me agacho porque homem que é homem não se agacha pra bala. Se ela tem que acertar a gente é porque já vem com o nome da gente escrito e aí não adianta se agachar. E além do mais eu tenho de dar exemplo pra minha gente."

– "Muito bem, delegado, mas me diga uma coisa: o bandido está mesmo cercado?"

– "Não tem por donde escapar. Tenho mais de trinta homens cercando a Estação. A captura dele é questão de tempo."

– "Quanto tempo, delegado?"

– "Se não se entregar em meia hora – foi dado esse prazo para ele –, nós vamos atacar com tudo."

– "Muito bem, delegado, quer dizer que às seis e meia é o prazo final?"

– "Nem um segundo a mais. Já mandei evacuar a zona. Retirei as famílias, fechei o comércio e mandei desligar a força. As ruas estão bloqueadas. Não entra automóvel, não entra gente, não entra bicho. Ele não tem como receber ajuda."

– Apaga isso – disse minha mãe.

Meu pai baixou o volume.

– Preciso saber o que está acontecendo.

Minha mãe me viu no corredor, despejou a fúria em mim.

– E tu? Ainda aí? Não tomou banho?

– Já vou tomar.

Me fechei no banheiro. Tremia. Quando vi que tremia fiquei assustado. Depois fiquei com vergonha de que notassem e me sentei na borda da banheira, esperando o tremor passar. Era a primeira vez que tremia assim, e não sabia explicar como isso acontecia. Comecei a mexer nos objetos de barbear de meu pai. O tremor diminuiu. Ele usava navalha, que afiava numa pedra fascinante, branca e fria. Eu a deitava na palma da mão e acariciava, estremecendo de prazer com seu toque gelado.

– Não podemos fingir que não está acontecendo nada!

O tremor passou. Abri a porta do banheiro. Os dois se encaravam no corredor.

– Não vou deixar tu ir lá.

– Pelo amor de Deus, não seja patética.

Desviou dela e caminhou para a sala, na direção da porta da rua. Minha mãe tirou o avental e correu atrás dele.

– Eu vou contigo.

Abalei pelo corredor.

– Eu vou com vocês.

– Nem pensar.

Nesse ponto estavam de acordo. Joguei todas as minhas cartas.

– Tudo bem, eu vou sozinho.

Não falaram nada nem se olharam. Me acomodei no banco de trás com a sensação de quem vai para uma festa. Ifigênia correu até o portão.

– A gente já volta – disse minha mãe.

Tinha recuperado seu estilo, mas, à medida que nos aproximávamos da Estação, a segurança ia murchando. Os boletins da rádio tornavam-se cada vez mais dramáticos. O repórter contava cada minuto para as seis e meia com um prazer que nos aterrorizava. As ruas estavam escuras. Estranhei nosso alvoroço de alguns minutos atrás. Minha mãe perguntou:

– E se eu pedir para falar com ele?

Papai aumentou a concentração na tarefa de dirigir o carro.

– Ele é teu irmão. Tu conhece ele melhor do que eu.

Minha mãe sacudiu a cabeça num desespero inútil.

– Ele é muito orgulhoso.

O carro dobrou uma esquina. Fomos cegados por um facho de luz. Barreira da polícia. Bruscamente tudo aquilo era verdadeiro: o tio que me levava no colo para remontar pandorga, me ensinou a andar de bicicleta, dava carona no lombo do cavalo, estava cercado num armazém da Estação por mais de trinta brigadianos.

– São quase seis e meia – disse minha mãe, rouca.

Um brigadiano se aproximou. O mosquetão em suas mãos atraía meu olhar. Era negro, o brigadiano, e magro, escaveirado, com os dentes para fora. Parecia que estava rindo.

– Não podem passar. A área está cercada.

– Eu sou irmã do Juvêncio – disse minha mãe. – Eu quero falar com ele. Eu posso convencer ele a se entregar. Por favor, eu preciso falar com o delegado.

O brigadiano olhou demoradamente para minha mãe, como se custasse a entender o que ela dizia. "Esta agora." Coçou a testa. Meu pai estalou os dedos. O brigadiano olhou para ele. Alguém enfiou o jato de uma lanterna dentro do fuca, a luz demorou na minha cara. Pessoas cercavam o carro, pisando no chão enlameado, acotovelando-se, tentando espiar para dentro. Vi um grupo a cavalo, dois enormes cães policiais inquietos numa corrente. O brigadiano dentuço apontou para minha mãe e disse bem alto, dirigindo-se a alguém no escuro:

– Ela é irmã do homem, tenente, quer falar com o delegado.

Do escuro surgiu um rosto jovem e crispado. O tenente da Brigada tinha o ar de um príncipe de opereta. Achei absurdo que ele estivesse ali, naquele lusco-fusco, entre lama, cavalos, brigadianos fedendo a canha, tão distante da promessa sedutora da noite de sábado aconchegado numa poltrona do cinema, aspirando o perfume da noiva.

– Desculpe, minha senhora, mas é impossível falar com o delegado. Neste momento ele está comandando a operação de invadir o armazém. Vamos ter que aguardar. Lamento muitíssimo.

Um cavalo assustou-se, ergueu as patas no ar, relinchando. O cavaleiro custou a dominá-lo. Os cães começaram a latir, esticando a corrente. Alguém deu uma gargalhada. Nos juntamos uns aos outros, instintivamente. Escuro, sinistro, vindo dos lados da Estação, um automóvel aproximou-se, vagaroso, abrindo caminho, seguido por uma porção de gente e de soldados que corriam atrás dele. Alguns *flashes* estouraram junto à janela do carro, vi o rosto sorridente do fotógrafo. O tenente aproximou-se do carro, curvou a cabeça, conferenciou em voz baixa, voltou para junto de nós.

– O delegado disse que a senhora pode falar com seu irmão a hora que quiser, se puder encontrá-lo. O armazém foi invadido mas não tinha mais ninguém lá dentro. Seu irmão desapareceu. O delegado acha que ele rompeu o cerco.

Custamos para entender. Minha mãe pôs as mãos no rosto, incrédula. Meu pai insistiu:

– Desapareceu? Desapareceu como? Chegaram a trocar tiros?

– Não aconteceu nada. Só desapareceu.

A porta do carro escuro se abriu. Lentamente, o delegado foi aparecendo ante nossos olhos. Parecia enorme. Caminhou em nossa direção, vagaroso, charuto na mão. Inclinou-se na janelinha do fuca.

– Só vou avisar uma coisa: se o Juvêncio procurar vocês, não deem abrigo. É contra a lei. Mandem me chamar. Eu prometo que não vai acontecer nada com ele.

Olhou para meu pai demoradamente.

— É para o bem de vocês.

Cuspiu no chão de modo obsceno, com escárnio e deboche.

— Vamos para casa – disse meu pai.

Dois vultos imóveis esperavam perto do portão da casa. Papai diminuiu a marcha, cauteloso.

Um dos vultos aproximou-se de um poste de luz.

— É Maidana – disse meu pai.

O rengo Maidana era dos mais antigos comparsas de tio Juvêncio. Granjeara fama de brabo na época da farinha, quando esfaqueou outro contrabandista no bar do Átila, mas em geral era homem pacato, que cuidava de seus negócios e não se preocupava com o resto. Conhecia cada pedaço do Alto Uruguai, mas nunca viu o mar. Vivia numa espécie de barbárie inocente, talvez voluntária. A barba ruiva acendia chamas no seu rosto, onde boiavam olhos azuis. Aproximou-se de nós com o chapéu na mão.

— Desculpe a hora imprópria.

— A hora é boa – disse meu pai. – O que manda?

— Pos compadre Juvêncio anda num apuro brabo, e deu ordem da gente não intervir, porque o causo é particular. Eu estou aqui com o Colorado – apontou para o outro vulto imóvel – mais o Domício para o que der e vier. É só o senhor mandar.

Meu pai ficou pensativo.

— O Juvêncio escapou do cerco. Ninguém sabe onde anda. A polícia tá feito barata tonta. Acho que não precisa mais se preocupar.

— Nós ouvimos a rádio. Vamos ficar lá pelo bar do Átila. Se houver precisão de qualquer coisa, é só avisar.

— Muito obrigado, Maidana.

Minha mãe se adiantou.

— Obrigada, seu Maidana, mas acho que agora está tudo bem.

Maidana colocou o chapéu na cabeça e afastou-se mancando, acompanhado pelo silêncio do Colorado.

Papai não bebia fora das refeições, mas abriu a cristaleira e apanhou uma garrafa de licor. Serviu dois copos, um para mamãe. Depois foi para a biblioteca e sentou na poltrona ao lado do rádio. A música era uma fixação. Vladimir estudou violino durante muito tempo, estimulado pela ingênua esperança que papai tinha de vê-lo tornar-se um virtuose. No verão em que tio Juvêncio foi ferido, a música foi sua única alegria.

Aquela noite chuvosa no Viscaya, perguntei:

— Lembra tua viagem com mamãe a Paso de los Toros?

— Lembro.

— Como era?

— O quê?

— Paso de los Toros.

Vladimir afastou uma sombra com a mão; pensativo, mexeu o gelo no copo (agora bebia uísque) e sorriu:

— Um casario perdido no meio do pampa, a estação, uma pousada que chamavam de hotel, meia dúzia de casas de madeira.

Os reflexos da chuva no rosto dele me fascinavam.

– O famoso verão em que tio Juvêncio foi ferido...

– Que tem?

– Papai enlouqueceu nesse verão.

Vladimir olhou para a janela, para a chuva caindo, depois para mim. Tornou a sorrir.

– Eu sei. Ifigênia me contou.

Foi o janeiro mais quente em muitos anos. O Uruguai estava num nível baixíssimo. Seu Domício trouxe a notícia. Chegou noite alta, a cavalo, e bateu na porta da cozinha.

– Compadre Juvêncio levou um tiro no peito.

Levamos mamãe e Vladimir à Estação, na tarde do dia seguinte. Eu estava contagiado pelo nervosismo de papai. Ele ficou dando recomendações sem parar, até mesmo quando o trem começou a se afastar da plataforma, e mamãe abanava com um lenço pela janelinha. Usava um chapéu com um penacho, comprado nessa manhã. Entramos no fuca e aceleramos a tempo de chegar na Aduana, quando o trem começava a retomar seu caminho. Ficamos observando-o atravessar a ponte. Voltamos para casa, silenciosos. Pensávamos que ela ficaria uns quinze dias, mas o ferimento deve ter sido grave, porque ela demorou quase todo o verão. Mamãe escrevia belas cartas dando conta da saúde de tio Juvêncio. Mesmo assim, papai ficava cada vez mais nervoso. Comia pouco, passava o dia escutando rádio e descuidava da aparência. Andava com a camisa encardida e a barba por fazer. Numa daquelas manhãs, próximo do meio-dia, voltando do Colégio (estávamos em férias, mas eu ia lá jogar futebol), vi uma espécie de agitação disfarçada na Praça, certa alegria maldosa nos rostos. Havia um louco na Praça. Caminhava numa das alamedas de uma ponta a outra, ereto. Chegava numa extremidade, batia duas vezes com a mão no banco dessa extremidade e voltava, no mesmo passo mecânico (calçava chinelas de couro) até a outra ponta, onde tornava a dar duas pancadinhas no banco. Juntava gente. Os moleques começaram a fazer provocações, alguém atirou um pedaço de pau. É – eu disse – um pesadelo. Aquele homem de olhar delirante, de barba por fazer, de cabelo desgrenhado, de camisa para fora das calças, aquele homem perdido era meu pai, o respeitado livreiro da rua Duque. Nessa manhã eu descobri que possuía algum tipo de coragem. Enfrentei os olhares de pena e riso, caminhei até ele e toquei no seu braço.

– Pai, vamos embora.

Ele me olhou. Como se eu fosse um estranho. Olhou para mim com os olhos desvairados. Olhou para mim, mas não me via. Não me conhecia. Não sabia quem eu era. Tentei puxá-lo pelo braço, ele resistiu. Os moleques riram. Puxei-o com mais força, ele se soltou com um movimento hostil, que me amedrontou. Seu Antonelli se aproximou:

– Vem aqui, guri. Deixa ele, isso passa.

Esmagado de dor e humilhação, corri para a livraria. Gaspar morava num quartinho nos fundos. Contei para ele. Ele vestiu a calça e a camisa (estava deitado de calção, sesteando), colocou os óculos escuros e disse:

– Me leva lá.

Subimos a Duque acelerados, eu puxando Gaspar pelo braço. A cidade estava deserta e silenciosa. O calor esmagava. Todos almoçavam ou sesteavam. Na Praça, nem os taxistas estavam mais. Papai continuava de um lado para outro, os chinelos faziam tlec tlec e ele de um lado para outro, incansável na tarefa de acariciar rapidamente os bancos dos extremos da Praça. Gaspar se aproximou e tocou-o no ombro, depois na nuca, sussurrou-lhe alguma coisa ao ouvido, docemente. Meu pai baixou a cabeça. Meu pai transpirava. Todo meu pai estava molhado de suor. Meu pai ficou um tempo de cabeça baixa, olhos fechados. Gaspar fez uma pressão no braço dele e começamos a voltar para casa, Gaspar, meu pai e eu.

Papai dormiu dois dias, acordou magro, com muita sede, e comeu a sopa que Ifigênia lhe trouxe. Pouco a pouco, foi voltando ao normal. Tornou a atender na livraria, a retomar suas pequenas distrações. Seu Antonelli veio buscá-lo um dia para uma reunião dos Amigos e não se falou mais nisso. As distrações de meu pai eram poucas. Reuniões secretas do Partido, livros, e ópera aos domingos. Aos domingos, mamãe ia ao cinema com Esther ou Ifigênia. Aos domingos, papai ficava em casa, solitário, luzes apagadas, envolto na fumaça do palheiro, as mãos retorcendo-se (como prescindindo de sua vontade), longínquo, alheio, totalmente entregue à ópera transmitida pela rádio El Mundo, diretamente do palco do Teatro Colón, de Buenos Aires.

Diante do espelho dei o toque final no cabelo. Detestava usar gomina, mas era necessário para o topete ficar firme. Havia uma espécie de teatro entre minha mãe e eu. Um pouco antes de sair, ela avisava para eu pôr gomina no cabelo. Eu reclamava, dizendo que isso era coisa de fresco. Ela insistia, dizendo que filho dela não era bicho para andar por aí todo escabelado. Eu sucumbia, dizendo que não podia discutir com minha mãe por assunto tão banal. Meu pai dava o tope na gravata, eu vestia a campeira e estava pronto, com os sapatos lustrados, naturalmente. Éramos remediados, como mamãe dizia, mas sempre havia um dinheirinho para gastar na noite de sábado, depois da sessão das oito, no quiosque da Praça.

Tomei rapidamente um gole de licor, escondido de todos, menos de Ifigênia.

– Sim, senhor, nessa idade! – aproximou-se de mim, com o ar de censura permanente no rosto cheio de rugas. – Se tua mãe souber, vai ficar uma fúria.

Arrumou minha gravata, sem que eu pedisse.

– Quer dizer que ele escapou?

– Parece que escapou, Ifi.

Tentei sair, mas ela não largava minha gravata.

– Tu está bonito, também. – Ela pensava noutra coisa, a velha índia silenciosa. – Ele tinha uma gravata parecida com esta. Ele e tua mãe formavam o par mais bonito que já se viu quando iam aos bailes juntos. Eles dançavam horas sem parar, como um casal apaixonado, e toda gente ficava maravilhada com a beleza deles.

Me livrei das mãos de Ifigênia.

– Tchau, vou me atrasar.

Saí, fechei o portão, vi a lua cheia. Noite de lua cheia não é bom para mim, dizia tio Juvêncio. É fácil de entender para quem ouvia suas histórias furtivas; a guarda costeira, os fuzileiros, a mercadoria na canoa silenciosa junto à barranca do rio. E difícil escapar à tentação (seguramente vulgar) de afirmar, ou mesmo sugerir, que meu tio era um romântico e um paranoico. Seu estilo tinha coerência. Não se intrometia em questões políticas, por exemplo. Assistia a discussões desse tipo com o riso irônico que enfurecia meu pai, possuído pela chama santa de um mundo organizado pelas massas trabalhadoras. Mordendo o palheiro apagado, tio Juvêncio contemplava os casebres miseráveis da beira do rio e murmurava com amargo desprezo:

– O pobrerio não tem culhão. Taí, manso, morrendo de fome.

Meu pai se afastava, sacudindo a cabeça. Por princípio, tio Juvêncio não dava esmolas, mas era generoso. Acho que não tinha ambição, embora tenha ganho algum dinheiro com o negócio da farinha. Gostava de levar para vendas, bolichos e bordéis ao longo do rio pequenos objetos sem valor, mas delicados, com utilidade não maior do que sua efêmera beleza. Lenços, perfumes, meias de seda, bijuterias eram esperados com sofreguidão nos bordéis de Itaqui, São Borja, Santo Tomé, Porto Xavier, Porto Lucena. Deve ter pego gosto pelas viagens quando trabalhava, ainda adolescente, para uma empresa de representação comercial. Sempre trabalhou honestamente, mas poucas semanas depois do casamento de mamãe largou tudo e foi viver com os contrabandistas. Era como se já tivesse cumprido a missão que lhe cabia junto à pequena família.

# Capítulo 3

*J'espère, après avoir exprimé sur cette terre tout ce qui attendait en moi, satisfait, mourir complètement désespéré.*

André Gide, *Les Nourritures Terrestres*

Não frequentava bailes nem reuniões dançantes, o que tornava as sessões de cinema de sábado e domingo o centro de minha vida social. Sempre me atingia o momento em que a música parava, o gongo batia sonoramente três vezes e a cortina escarlate começava a abrir-se; a luz, pouco a pouco, ia se apagando. É aí que eu agia: esgueirava-me rápido para ocupar a poltrona ao lado de Beatriz. Assistíamos ao filme de mãos dadas, um pouco incômodos com a transpiração das mãos, atentos ao roçar dos joelhos, indiferentes ao que se passava na tela. Nem sempre: às vezes, o filme tinha força própria e atraía nosso interesse. Muito mais tarde, as enciclopédias de cinema me informaram que *As neves do Kilimanjaro* era um filme menor, mas não naquela noite. O adolescente saiu da sala escura com o coração oprimido pela grandeza da aventura que o vasto mundo oferecia. Na saída do cinema separava-me de Beatriz para encontrá-la mais tarde, quando voltava para casa. Alcançava-a junto às amigas e a acompanhava até o portão da casa. Não andávamos de mãos dadas como os namorados porque os pais dela não a deixavam namorar, "não antes de fazer quinze anos". Fazíamos o papel de apenas amigos diante das outras pessoas; quando estávamos a sós, aprendíamos a nos acariciar timidamente, calados, com pudor, desfrutando, sem percepção (ainda) do proibido. Com o passar dos dias, quanto mais mantínhamos oculto aquele jogo, quanto mais fingíamos ignorar que "namorávamos", mais nos aprofundávamos no ardor, e com mais audácia nos acariciávamos.

Dei uma volta sozinho na Praça, completamente tomada de gente fazendo o *footing*. Encontrei vários colegas ainda comentando o jogo da tarde. Feito às Pressas apareceu de repente, olhos alarmados, e me puxou para um lado.

– Descobriram teu tio.

– O quê?

– A polícia descobriu ele. Lá mesmo na Estação. Deu um tiroteio brabo. É o que ouvi lá no Campana o coronel Fabrício comentar.

Olhei minhas mãos.

– Tem certeza?

– Foi o que eu ouvi.

O sistema de som da Praça transmitia "Stardust" na voz de Nat King Cole. (A voz era uma criatura viva, pairando sobre nós.) Beatriz passou com as amigas e fez sinal que já ia. Apertei o braço de Feito às Pressas.

– A gente se encontra no centro da Praça, às onze. Tu viu o Bolão?

– Ficou em casa descansando. Quer amassar o Bento.

Saí caminhando entre as pessoas que conhecia, uma a uma, bancários, estudantes, desocupados, comerciários, arrozeiros, gente da cidade que se via todos os dias e não se sabia o nome, mas inspiravam confiança e familiaridade. O filme a que assistira me transportava para o universo longe daquela cidade na fronteira. Caves de Paris, onde certo negro, soprando um clarinete, esparramava sobre ombros nus, sobre rostos esfumaçados, sobre garrafas vazias a tristeza infinita de sua música. A África dos atabaques, dos rios com crocodilos, das girafas, das desoladas savanas, dos leões silenciosos avançando de cabeça baixa. O mundo das viagens, do Mediterrâneo, das touradas na Espanha, dos revolucionários lutando a guerra dos pobres, do beijo às margens do Sena.

– Quer conhecer o Sena? – perguntei a Beatriz.

– O Sena?

– O rio Sena, que atravessa o Quartier Latin na cidade de Paris.

Ela me olhou de jeito estranho.

– Quero é ficar quieta no meu canto.

Caminhamos calados até perto do portão. Agarrei a mão dela e encostei no meu peito. Ela riu.

– O coração é um nervo ou um órgão? – ela perguntou, imitando voz de professora.

– É um órgão. Um órgão sexual.

Ela retirou a mão rapidamente.

– Bobo.

Beijei-a na face, ela retirou o rosto. Beijei-a na orelha, ela deu um riso.

– A orelha também é um órgão sexual – eu disse.

Ela ficou séria, me olhou um tanto desconcertada.

– Um dedo. A boca. O seio. Tudo.

Toquei com o dedo índice a ponta da blusa que escondia o seio. Depois, toquei com outro dedo, depois outro, até fechar a mão em torno do seio – e ela fechou os olhos. Senti a ereção. Puxei-a para mim, Beatriz veio sem resistir. Apertou-se a mim, esfreguei meu pênis em sua coxa, a vertigem dela uniu-se à minha vertigem, quando caiu sobre nós, agarrados debaixo das árvores, das estrelas e da enorme lua vigilante na ponta da rua, a voz de prata de seu Antonelli, acompanhada do piano dedilhado pelas mãos longas de Esther. Nos abraçamos repentinamente sem medo. A voz emanava suavidade que nos amolecia e despojava de defesas. A luxuriosa melodia de "Mi par d'udir ancora" da ópera "I pescatori di perle", de Bizet, composta em algum lugar da França, cem anos atrás, cantada por seu Antonelli debaixo da parreira do Dr. Fagundes (as mãos peludas e ternas traçando desenhos no ar), foi a fada madrinha de nossa paixão adolescente, porque ela me instigou a sussurrar na orelha de Beatriz "segura aqui, segura aqui" e encaminhei a mão dela na direção do meu sexo e depois minha mão buscou as pernas dela, enfiou-se debaixo da saia, encontrou a seda macia da calcinha, soube procurar sem ânsia até mergulhar numa região molhada de água sexual e transfigurar-se: imaginei minha mão fosforescente, banhando-se naquela água santificada.

A lua cheia iluminava a cidade em guerra. Caminhei rapidamente no luar, tomado de pensamentos tumultuosos e violentos, imaginando meu tio escondido em algum lugar escuro, o 45 na mão, cercado pelos brigadianos. Apertei o passo lembrando de Bolão e da fúria iminente, deprimido pela necessidade de participar daquele ritual que me envergonhava. Nas brigas em campos de futebol ou nas arruaças da madrugada sempre procurava me omitir, pois não me convencia da necessidade verdadeira daquelas manifestações. De qualquer modo, pouco antes de chegar na Praça, me abaixei e coloquei no bolso da campeira uma pedra de bom tamanho. Bolão dissera que a turma de Bento era traiçoeira e era melhor estar prevenido.

Cheguei à Praça, caminhei sob as árvores, ouvi a voz de Bolão:

– Elas decidiram que eu ia ser o rei delas. Sendo rei, meu trabalho era comer uma por uma, dia atrás de dia, até comer todas. Acho que eram mais de quinhentas. Mas eu me dei conta que, pela lei delas, quando eu comesse a última, elas me matavam. Esse era o meu drama, entendeu? Valia a pena?

Bolão e Feito às Pressas estavam sentados num dos longos bancos curvos que acompanham o círculo que marcava o centro da Praça. Feito às Pressas me passou com importância uma garrafa de cachaça. Bebi um gole.

– Já estava demorando – disse Bolão. Ele tinha um curativo no supercílio.

– Meu tio está cercado na Estação.

– Eu sei. Deu um tiroteio mais feio que rodada em lançante. Tem um brigadiano morto e outro no hospital. Desta vez teu tio está numa enrascada.

– Não entendo por que ele fez isso... – Mendiguei com os olhos um pouco de solidariedade. – Acho que tenho de ir lá na Estação.

– Lá vêm eles.

Eram quatro, Bento no meio, e vinham falando alto, bebendo de garrafas que empinavam no ar. Bolão se levantou e caminhou na direção de Bento. Se olharam, cada um tentando mostrar o sorriso mais devastador.

– O caso é só entre nós dois.

– Não precisa ter medo, eles vieram só apreciar.

– Não é medo. Meus amigos não têm medo. Só vieram apreciar, também.

Bolão tirou a campeira e estendeu-a para Feito às Pressas. Bento fez o mesmo. Depois começaram a arregaçar as mangas, olhando-se nos olhos, estudando-se, procurando ver a disposição, o ânimo, as intenções, a qualidade da coragem do outro.

– Ganhei uma hoje de tarde, vou ganhar outra agora – disse Bento.

– Tu vai perder agora por hoje de tarde. Tu vai perder dobrado.

Os dois se curvaram um pouco, punhos fechados, e começaram a se deslocar lentamente, em pequenos círculos, estudando-se. O centro da Praça era uma arena. (Cem anos atrás cavalos de guerra pisaram o chão desta Praça. Cem anos atrás o exército paraguaio, comandado pelo general Estigarribia, entregou armas e pavilhões ao Duque de Caxias, comandante do exército imperial brasileiro).

O primeiro a atacar foi Bolão, com um direto que Bento desviou; não contra-atacou, como eu esperava. Bolão tornou a atacar, agora ameaçando com a direita e empurrando uma esquerda comprida que roçou a orelha de Bento. Bento deu dois passos para trás e sorriu. Fez duas ameaças com os ombros, como um boxeador, e tentou atacar, mas Bolão estava enfurecido e, sem se importar em desviar, atacou dando golpes sobre golpes, o que obrigou Bento a recuar cada vez mais; isso não o impediu de enfiar um murro entre os braços de Bolão e acertá-lo no supercílio do curativo, de onde imediatamente escorreu sangue.

– Chega? – perguntou Bento recuando.

Bolão estava transtornado de ódio.

– Chega nada, seu cagalhão!

E avançou desvairadamente, dando golpes sem parar, até acertar Bento duas vezes, que se desequilibrou e caiu.

– Acho bom a gente apartar – disse um dos companheiros de Bento.

– Ninguém vai apartar – rugiu Bolão –, esta é uma briga de homem e briga de homem não se aparta.

Olhou Bento nos olhos.

– É ou não é?

Os olhos de Bento vacilaram, mas ele murmurou:

– Ninguém aparta.

Bolão jogou-se sobre ele. O sangue agora escorria pelo rosto e chegava na gola da camisa branca. O rumor da luta começou a atrair gente, e dentro de pouco os dois estavam lutando dentro de um círculo de torcedores que aplaudiam e gritavam. A camisa de Bolão estava encharcada de sangue, e uma agonia insuportável me eriçava os nervos. Bento tentava apenas defender-se, recuando, mas tropeçou na borda dum canteiro e caiu sentado. Bolão avançou sobre ele e chutou suas costelas. Bento rolou, gemendo, e Bolão tornou a chutá-lo. Um vulto intrometeu-se e empurrou Bolão com força.

– Para, seu covarde, não se chuta homem caído.

Bolão estava completamente transtornado. Virou-se para o intruso com olhos incendiados e tentou livrar-se do abraço do outro. Lutaram até que Bolão foi empurrado para longe. Houve um instante de perplexidade, como se todos resolvessem pensar. Então, Bolão entendeu quem era o responsável pela interferência. Era o guarda-noturno encarregado de vigiar a Praça. Bolão arreganhou os dentes para ele, as mãos em garra:

– Seu filho da puta. A audácia desse pé de chinelo morto de fome se meter na minha vida. Tu não sabe com quem tá falando, seu corno de merda. Meu pai é advogado, e tu vai aprender a não se meter com gente que não é da tua laia.

Bento, pálido, arrumava a camisa para dentro das calças.

– Esse gordo tem razão. Quem é esse pé de chinelo pra se meter onde não é chamado? Vai te meter com tuas negras lá no barraco onde tu mora, seu pé-rapado.

– Vamos dar uma tunda nele pra aprender a não ser metido – disse um dos companheiros de Bento, brandindo uma garrafa.

O guarda noturno tinha apenas um cassetete para defender-se, e tentou empunhá-lo, mas outro companheiro de Bento chegou por trás e desfechou uma garrafada na sua cabeça. (Ouvi um tropel: um cavalo corria na noite). O homem arrastou-se no chão com a cabeça sangrando. Outro aproximou-se e o chutou. O cassetete saltou longe.

– Pra tu aprender a respeitar quem não é da tua classe, puto de merda!

Vários começaram a chutá-lo. Trovoada, tropel, um som começou a chegar na Praça. Próximo, invisível, movia-se um cavalo. Desabou sobre nós, num susto, imenso, branco, fazendo soar os cascos no lajeado da praça. Saltamos para os lados, outro cavalo branco cresceu do escuro agitando as crinas. Nos espalhamos, maravilhados, meu coração começou a crescer. Bolão agarrou meu braço.

– Vamos nos arrancar daqui.

Correndo, desviamos de um grupo de seis ou oito cavalos que galopavam desarvorados na escuridão. Comecei a gritar, de punhos fechados. Bolão me imitou. Gritávamos como loucos, enquanto cavalos e mais cavalos surgiam de todas as partes, carros buzinavam, ouviam-se foguetes, tiros e gritos de bêbados. A cidade fora invadida pelos cavalos do coronel Fabrício! Uruguaiana ficou tomada por cavalos brancos em pânico, de longas crinas, relinchando em desespero, banhados de luar, levantando pedaços de barro das ruas sem asfalto. Juvêncio Gutierrez talvez tivesse rompido o cerco! Talvez tivesse fugido num daqueles cinquenta cavalos brancos que galopavam em todas as direções. A capa de Juvêncio Gutierrez ondula no ar. A cidade estremece. Juvêncio Gutierrez nos assombra com o sorriso portentoso, com o olhar imenso.

O coração do coronel Fabrício quase parou no momento em que erguia o copo de uísque em direção à boca: um fantasmagórico cavalo branco avançava em disparada pelo meio da rua, na direção das mesas do Campana, colocadas comodamente na calçada. E logo apareceu outro cavalo, e logo um tropel enlouquecido de cavalos brancos.

Engasgado, tossindo, vermelho, o coronel bateu com o relho no mármore da mesa.

– Os cavalos do príncipe, os cavalos do príncipe!

Era um sonho longamente acalentado: deixar mudo de espanto o príncipe de Gales, que passaria um dia na sua fazenda, vindo de Santiago do Chile. O coronel realizaria um desfile de cinquenta ginetes bem pilchados, montados nos cinquenta puros-sangues mais formosos e perfeitos que já se viu na superfície da terra. Precipitou-se para a Rural e mandou o neto seguir para a Estação. Só faltava aquele renegado de meia-pataca colocar seu projeto em risco.

Caminhávamos numa rua escura quando vimos o coronel passar por nós, a mais de cem.

– Vamos no Martha Rocha – disse Bolão.

Olhei para ele, surpreso.

– Vamos comemorar – Bolão brandiu o punho, feliz com o sangue que encharcava a camisa. – Lá no Martha tem uísque e lança-perfume.

– Quero ir na Estação.

Bolão me olhou fixamente.

– Deixa de ser palhaço.

– Palhaço? Por que palhaço?

– Vai fazer o que na Estação? Bater palmas?

Segui atrás deles, alimentando o rancor.

Martha Rocha morava numa casinhola de madeira para os lados do quartel. O pangaré tordilho que comprara de um cigano dormitava no pequeno pátio, ao lado da carroça. Batemos na porta, iluminada por uma lâmpada imitando lampião. Atendeu Dalila. Era um adolescente gorducho, mulato, grande para a idade, rosto esbranquiçado de pó e maquilagem, peruca loura, cílios postiços. Vestia uma saia de organdi azul, rodada, cheia de pregas, e sapatos de salto alto. Dalila morava com Martha Rocha e o ajudava no negócio de fretes, carregando farinha e carvão para as padarias e milho para o quartel.

– Querem ver quem?

– Martha Rocha – rugiu Bolão. – Não gostamos de cu de negro.

Dalila fez um trejeito.

– Não vou tolerar desaforos na minha casa. Se querem o Martha Rocha, vão ter que esperar sentados e bem quietinhos. Tem três na frente. Esta noite já passaram por aqui mais de dez e ele atendeu a todos com uma paciência! É uma santa criatura, não sei como pode aguentar as grosserias de vocês.

Penetramos numa atmosfera vermelha, saturada de incenso, da voz pegajosa de Gregorio Barrios, de sombras de peixes projetadas por um abajur e que dançavam lentamente em torno de nós. Um retrato de Martha Rocha, a verdadeira – a Miss Brasil –, enfeitava a parede, ao lado de um de Hedy Lamarr no papel de Dalila. Três sombras, sentadas contra a parede, bebericavam em copos escuros, silenciosas.

– A bebida acabou – disse Dalila. – Não esperávamos tantas visitas hoje. Posso fazer um suco de limão e pingar um pouco de cachaça. Não é nem caipira. Que é isso na tua cara, gordinho, andou brigando? Olha só como tá tua camisa!

– Meu amigo aqui tá a fim de perder o cabaço, Dalila.

Feito às Pressas se horrorizou.

– Não tô a fim de nada!

Dalila arregalou os olhos.

– O menininho é virgem? Nessa idade? Que horror! Vem, criatura, que eu vou te fazer o maior favor da tua vida.

– Eu não vim aqui pra isso.

– Claro que veio. Todos vêm aqui pra isso, e depois ficam dizendo que não querem, só pra embromar.

Bolão agarrou Feito às Pressas pelas costas e começou a empurrá-lo em direção a uma porta, ajudado por Dalila. Feito às Pressas resistia, debatendo-se. Bolão puxou Dalila, sussurrou no ouvido dele:

– Eu te dou ele por um tubo de lança!

Dalila parou de repente.

– Eu sabia! Interesseiro. Não tenho lança.

– Ele é virgem, Dalila, e tem uma guasca deste tamanho. Olha aí, até já tá duro.

Feito às Pressas, trêmulo e nervoso, não conseguia esconder a ereção.

Bolão empurrou todos para dentro do quarto de Dalila.

– Aproveita, porra, aproveita – dizia no ouvido de Feito às Pressas –, deixa de ser imbecil. Tu vai ver o que é bom.

Dalila mexeu numa gaveta e apanhou um tubo dourado.

– É o último. Não posso dar, mas me passem seus lenços para uma xereta.

Enfiei o nariz no lenço encharcado de éter e imediatamente percebi que a luz do quarto de Dalila era lilás, que rolava uma música em surdina e que iniciava a invadir meu cérebro, que enchia meus vazios, que me deixava pesado e lento e ameaçava me sufocar e me amparei à porta, angustiado, vendo, escuro e redondo, Dalila emergir de dentro da saia azul rodada, o pênis negro ereto, ajoelhar-se na frente de Feito às Pressas, imobilizado por Bolão, abrir a braguilha dele, puxá-lo de encontro à língua ávida. Saí do quarto, afundei na atmosfera vermelha da sala de Martha Rocha, a música foi saindo de mim, fui esvaziando, as três sombras sentadas me olharam cerimoniosas, o perfume de incenso rodava junto com os peixes pelas paredes, um fiapo da voz de Gregorio Barrios se enroscou no meu pescoço, arranquei-o com a mão, mas ele aderiu-se a meus dedos, esfreguei-o na parede, mas não saía, enfiei-o num vaso com flores para que morresse afogado, retirei a mão molhada e sequei-a nas calças.

As sombras que roçavam o rosto de Vladimir, no Viscaya, me recordaram os peixinhos da sala de Martha Rocha.

– Tu nunca foste no Martha Rocha? – perguntei.

Vladimir alisou uma sombra verde na testa.

– Já. Quem não foi?

– Martha e Dalila eram uma espécie de mensageiros de tio Juvêncio. Eram eles que avisavam as putas quando ele chegava com contrabando.

Acendi um cigarro. Procurei no rosto de Vladimir, além dos reflexos e sombras da chuva, alguma causa, alguma confidência, algum desejo não revelado.

– Como foi aquela viagem com mamãe a Paso de los Toros?

(Um casario perdido no meio do pampa, a estação, uma pousada que chamavam de hotel, meia dúzia de casas de madeira.)

Vladimir também apanhou um cigarro, se inclinou para pedir fogo.

– Eu tinha cinco anos.

– Eu sei.

Lembrava-se de pouca coisa – a amizade com um garoto de sua idade, filho do dono do bolicho, as perseguições a passarinhos e perdizes, as longas sestas no calor mortal. Vladimir não contou, mas provavelmente Maidana os esperou na estação sentado no banco duro, chapéu sobre os olhos, cochilando no calor da tarde. Levantou-se quando o trem apitou na curva. Esperou, cerimonioso, que nossa mãe descesse os degraus do vagão com Vladimir pelo braço. Maidana ordenou a dois piás que carregassem a bagagem de *la señora*, e avançou alguns passos na frente, mostrando o caminho.

Empunhando a sombrinha, Vladimir pela mão, nossa mãe seguiu o rengo Maidana até o hotel, pisando o chão duro e seco, lançando um olhar para a amplidão silenciosa, para o deserto do pampa, para o calor que subia em ondas. Deve ter estremecido com os gritos dos quero-queros, enlouquecidos pelo verão.

O quarto de tio Juvêncio era no segundo piso. Os dois subiram uma escada de madeira que estalava. Maidana ficou no saguão.

– Ele estava deitado na cama, com o peito enfaixado, e acho que dormia.

Nossa mãe ergueu o lençol. Pálida ao ver o sangue, não disse nada. Quieto, sentado na cadeira, o pequeno Vladimir assistiu nossa mãe descer as escadas, dar ordens, pedir toalhas e curativos, tornar a subir, caminhar ao longo do corredor que terminava num banheiro espaçoso, abrir torneiras, voltar ao quarto, começar a arrancar tio Juvêncio da cama, amparando-o por baixo dos braços.

– Ele vestia apenas uma bombacha. Acho que acordou, tentou caminhar sozinho, foi cambaleando, amparado por mamãe.

Vladimir seguiu-os. Pelo vidro quebrado na porta do banheiro – vidro colorido, azul e vermelho – observou nossa mãe sentar tio Juvêncio na banqueta de madeira. O chão era de mosaico quadriculado, azul e branco. A claraboia despejava uma luz dançarina, quase dourada. Mamãe foi arrancando a bombacha, puxando-a pelas pernas, deixou-o nu. Amparou-o até a banheira cheia de água fresca, ele mergulhou com um gemido de prazer. Nossa mãe ajoelhou-se ao lado da banheira, ainda vestida como tinha chegado (menos o chapéu com o penacho), e enquanto cantarolava baixinho uma canção, uma canção monocórdia, uma canção embaladora, infantil, levemente rouca, ia ensaboando lentamente, lentamente, os braços, os ombros, o tórax musculoso onde escorregava como mel a luz da claraboia. Os olhos de tio Juvêncio se fecharam; o rosto ficou liberto da dor.

Deixamos a casa de Martha Rocha completamente dominados pelos efeitos do éter. Começamos a pular pela rua, dando gritos, corridas, batendo nas portas e janelas das casas e fugindo em disparada.

– Vamos lá no Ivo – ordenou Bolão.
– Tu não devia ter chutado o Bento.
Bolão fez que não ouviu.
– Vamos lá no Ivo.
Puxei Bolão pelo braço.
– Chutar homem caído é coisa de covarde.
Bolão me olhou com jeito de quem vai perder a paciência.
– O que tu quer?
– Te chamei de covarde.
– Olha aqui, bobalhão, quando um cara cai, a gente tem mesmo é que chutar. – Ficou me olhando como para ver se eu entendia uma verdade tão simples. – Vamos lá no Ivo.

Fui levado pela inércia, sem vontade de nada, olhando nossas sombras no chão, a lua entre as nuvens. Onde estaria tio Juvêncio nesse momento? Escondido em algum galpão, chegando na casa de algum compadre, batendo na janela de alguma mulher? (Como em outras noites, Esther esperou-o na sombra da escada, vestida de negro, trêmula, apertando as mãos, antecipando o prazer brutal e silencioso.) Apressei o passo. O cabaré do Ivo Rodrigues era na verdade um bordel, embora às sextas e sábados tocasse lá um grupo composto de uma sanfona, um bumbo, flauta e violão. Mirta del Sol subia no pequeno tablado e cantava guarânias.

O cabaré ficava numa esquina, não muito longe da casa de Martha Rocha. O proprietário, Ivo Rodrigues, viera fugido de Passo Fundo, onde – dizem – tinha matado um homem. Mais de metro e noventa de altura, barriga imensa, cento e cinquenta quilos de peso, Ivo fazia a barba de três em três dias. Tinha cabelos apenas na base do crânio, o que lhe dava uma careca enorme, redonda e brilhante. Usava os lábios permanentemente pintados de um violeta agressivo. Também estava sempre com as unhas pintadas, paradoxais nas mãos grandes e peludas. Usava um vestido comprido, o mesmo dia após dia, com flores desbotadas. Calçava chinelinhas de couro. Era famoso em toda a fronteira oeste. Seu cabaré não precisava de leões de chácara. Ivo mantinha a ordem. Não era rara a noite em que ele jogava dois ou três desordeiros porta afora. Era amado pelos moradores dos arrabaldes; uma vez por mês distribuía comida para os pobres; no inverno, cobertores e roupas. Desfilava pela cidade numa carruagem de sua propriedade, puxada por dois cavalos, com cocheiro, acompanhado por duas ou três "meninas", como chamava suas prostitutas. A população o tolerava com sombria reserva.

Ele dominava o salão principal com sua figura, mas foi Mirta que avançou para nós. Tomou minhas mãos.

– Viste que desgrácia? Sabes alguma notícia?

Não, não sabia de nada. Ivo se aproximou.

– Vou fechar, não quero mais ninguém aqui.

– Espera – disse Mirta –, preciso le falar. É sobrinho do Juvêncio.

– Por isso mesmo – disse Ivo –, não quero encrenca com o delegado.

– O delegado que se *joda*. Vem, mi querido, vamos no oratório pedir por él.

Examinou minhas mãos.

– Tienes las manos hermosas, como las de él.

Guardou minhas mãos entre as suas, depois as beijou demoradamente. Aproximou-as do busto.

– Toca.

Estava bêbada. Atravessamos as salas espaçosas, chegamos ao pátio. Poucos clientes nas mesas. Os músicos guardavam seus instrumentos. Nos aproximamos de uma pequena gruta feita de conchas, onde brilhava uma vela: o oratório de Nossa Senhora de Luján.

– Vamos pedir a la Virgen por él.

Me olhou, com súbito fervor.

– Toca.

Baixou a alça do vestido negro, mostrou o seio.

– Vês esta marca?

Sorriu.

– Foi él.

Fiquei confuso.

– O delegado?

Ela ampliou o sorriso.

– Teu tio. Com um charuto. Yo no me importo. Es su recuerdo. Às veces tenía acesso de choro no meu ombro, às veces tenía acesso de fúria. Me quemó con un charuto. Yo no me importo. Es su recuerdo.

Retirei a mão. Ela mudou o olhar.

– Não acredita?

O sorriso começava a tornar-se cruel. Conheci Mirta del Sol, a Castelhana, na laguna de Libres. Ela estava acompanhada de meu tio e comprou um sorvete para mim.

– Não acredita?

– Meu tio?

Agarrou firme meu pulso.

– Teu tio, sim, bonitinho! Teu tio me marcó com um charuto no seio, teu tio me chicoteava com o cinto, depois de chorar no meu ombro!

– Eu vou embora.

– Vai, vai embora. Diz pra él que estoy rezando pra que él muera bem devagarinho.

Retirei o braço, atravessei o pátio, encontrei Bolão, que vinha com Feito às Pressas.

– O que houve?

– Nada. Vamos embora.

Martha Rocha entrou correndo, agitado, abraçou-se a Mirta, chorando.

– Que horror, que horror!

– O que foi?

– O maior tiroteio, nunca ouvi tanto tiro na minha vida, ele está cercado perto do quartel.

Corremos porta afora, um bando enorme carregando garrafas, instrumentos musicais, tropeçando no escuro. Andando às cegas de um lado para outro, caímos em barrancos, atravessamos ruas e ruas, mas a noite estava perfeitamente silenciosa. Não ouvimos nenhum tiro ou rumor, a não ser nossos próprios passos e exclamações aflitas. Senti repulsa e me afastei do grupo, sentando num portal, cabeça baixa. Bolão sentou a meu lado. Feito às Pressas ficou distante, como uma sentinela.

– Não vai chorar.

Olhei para Bolão com raiva, mas não havia sarcasmo no seu rosto. Bolão tocou no meu joelho.

– Tu vai sair desta cidade, cavalo, vai conhecer o mundo, vai comer mulheres fantásticas, vai a Paris, vai caçar na África como o sujeito do filme.
– Tu viu o filme?
– Feito às Pressas me contou. Acho meu sonho melhor.
Começamos a rir.
– Apertaste os peitinhos da Beatriz?
Não respondi, dei um sorriso ambíguo.
– Vai começar a esquentar – disse Bolão.
– Vai dar pra subir o rio.
– A gente podia subir na sexta – disse Feito às Pressas, aproximando-se.
– Dá tempo pra consertar a tarrafa.
– Tu viu o gol que o padre ladrão anulou?
– E o gol que o fresco do Moca perdeu?
– Onde será que ele anda?
– Quem?
Ficamos em silêncio. Olhei para o céu. A lua cheia.

Pelo que se sabe, ele foi cercado perto do Prado, já de madrugada, mais ou menos na mesma hora em que conversávamos no portal daquela casa. Nunca ninguém contou direito a história. Não falei disso com Vladimir, aquela noite no Viscaya. Já era tarde, e ele pediu a conta. Apanhou outro cigarro, inclinou-se para que o acendesse e, desta vez, tocou na minha mão sem pressa:

— À medida que os dias passavam tio Juvêncio foi melhorando. Até a passeios a cavalo me levou. Num dos últimos dias, galopou comigo na garupa uma tarde inteira, mostrando a região. Ele parecia tão contente! Agora me dou conta, a última vez que o vi foi na pequena estação, já no fim do verão, quando embarcamos de volta. Parece que o estou vendo na plataforma vazia, quieto, sem dar adeus, ficando cada vez mais pequenino...

Acabou de falar de olhos baixos. Também não disse nada, talvez porque a música de Miles Davis desceu sobre nós como uma onda arrebatadora, para depois refluir num espasmo e transformar-se numa chama fria, imóvel.

Saímos para a chuva calados. Ele me ofereceu carona, mas preferi caminhar até achar um táxi.

— Telefona.

Afastou-se na rua molhada. Levantei a gola da gabardine. Depois daquela noite nunca mais vi Mirta del Sol. Ifigênia tem razão. Temos o coração em pedaços. Inconscientemente, somos caçadores desses pedaços, buscamos refazer o antigo desenho. Um dia vou achar os pedaços do meu coração fragmentado. Adivinho como ele será: guerreiro, destinado à violência e à misteriosa tristeza. Será a memória daqueles dias da selvagem inocência da juventude, vividos na cidade da fronteira, à beira do rio. Serão os verões, os invernos, a canoa deslizando junto à barranca. A lembrança desses dias será uma pérola, perfeita como o segredo que Juvêncio Gutierrez criara para si, e ficará guardada num cofre fechado na memória. Alguma vez, porém, quando me sentir encurralado pela mediocridade do mundo, e for insuportável sua feiura, e a solidão apertar com mais força suas garras, permitirei que o cofre se abra lentamente. Dominado por sensação idêntica à de velho monge aproximando-se da sabedoria, então contemplarei a pérola, imaginando, trêmulo, obstinado, esperançoso, o mistério de sua beleza, sempre deslumbrante.

Deixamos Feito às Pressas na esquina da sua casa e começamos a descer a Duque, calados. Nossos passos ressoavam na calçada. Os passos de Juvêncio Gutierrez nos acompanhavam, ressoando invisíveis. E ressoavam nos salões do Ivo, no escritório do delegado Facundo, no bar do Átila, na sala de nossa casa, no quarto de Esther. (Esther esperou inutilmente junto à janela. Deve ter lembrado a primeira vez que o viu, poucos dias depois de ter chegado à cidade para lecionar balé. Vestida com a malha negra no grande salão espelhado, marcava o compasso para as meninas, quando viu-as alvoroçarem-se, mostrando algo às suas costas. Voltou-se. Na alta janela, o homem a cavalo com o sorriso atrevido tirava o chapéu num gesto largo.) Bolão quis puxar assunto, mas eu estava longe, eu seguia os passos de Juvêncio Gutierrez, eu o via encostado a um vagão, curvado, a capa negra sobre os ombros, a sombra da aba do chapéu nos olhos, o 45 na mão suada daquilo que mais odeia, daquilo que mais fere seu orgulho; pouco a pouco, suavemente (em forma de suor), esgueirando-se entre o matagal cerrado da loucura do meu tio, o medo o invade, atravessando-o como às vezes faz o vento de agosto. Aí foi que pensou no longínquo dia em que percebeu o coração inchar da melancolia cuja explicação evitava. Nesse dia olhou para a linha do horizonte. Como é longe a cidade de Uruguaiana! Olhou através do pampa verdejante, recortado de pássaros hostis. Sua memória percorreu a ondulação das lavouras, o frêmito das boiadas, as rodovias solitárias onde passam caminhões carregados de arroz até chegar na fronteira plana e enigmática, até as barrancas vermelhas do rio Uruguai onde pousam garças e de onde se avista o perfil pontudo e branco da cidade, na outra margem. No escuro, 45 na mão, encostado ao vagão, um pouco curvado, tropeçando nos trilhos, esperando, temendo, desejando o fim, pensa no entardecer em que decidiu voltar. Com indiferença ou amargura, é certo que deve ter pensado nesse dia.

 Não é difícil imaginá-lo calado e solitário, cortando campo a pé (nessa época tinha começado a desleixar e já quase não montava mais o árabe; quando o fazia era em pelo, apenas com um buçal) ou bebendo canha em balcões ensebados de bolichos de beira de estrada. O rengo Maidana viu-o sentado horas a fio embaixo do cinamomo atrás do hotel, olhando o chão entre as alpargatas esfiapadas. Não é difícil imaginá-lo num pôr de sol violento de presságios, apoiado imóvel contra o moirão de um potreiro, indiferente aos gritos dos quero--queros, mordendo o palheiro apagado, olhos no horizonte, sem se mexer, como um puma.

 Decidiu, imagino, no balcão de um bolicho ou ao chegar ao topo de uma coxilha e deparar com os trilhos reluzindo ao sol ou, quem sabe, na longa tarde de chuva à inevitável janela de um galpão alheio. Foi, em todo o caso, no princípio daquela primavera (quando o vento nos arrasta a súbitos impulsos) que meu tio Juvêncio Gutierrez escolheu seu inferno.

Bolão me deu um soco:
— Vai pra casa, cavalo. Se precisar de alguma coisa, é só bater na janela.

Me aproximei da casa com medo de entrar, porque, apesar das luzes – todas as luzes estavam acesas –, a casa parecia habitada, agora, sem aviso, por gente estranha e hostil. Abri o portão lentamente, procurando não fazer ruído, e fui me esgueirando pelo lado, buscando o pátio e a cozinha, porém em toda parte as luzes estavam acesas e iluminavam paredes arrogantes. Abri a porta da cozinha e tudo estava no lugar, menos o silêncio e a solidão desamparada de cada objeto debaixo da luz desnecessária. Apaguei a luz e passei para o corredor, onde também apaguei a luz. Fui andando pela casa, desmanchando a claridade que me ofendia e atemorizava, sem dar importância para o som que fluía de algum canto e se espalhava pelas frestas, pelas reentrâncias, pelos desvãos de luz e sombra e que parecia um galope maligno, retumbando em tudo e a tudo marcando de tristeza inconsolável. Era o choro de Ifigênia; o choro encerrado há mais de setenta anos em sua alma a tinha abandonado e agora galopava, horrivelmente real, através da casa, cavalo estrondoso, primitivo e escuro. Beneficiando-se desse fenômeno a casa se entregava ao cavalo. As paredes, o teto, os quadros, os móveis gemiam de tristeza. Ninguém me disse, mas a Morte tinha tocado a casa.

Ifigênia era um pequeno boneco escuro dobrado a um canto do corredor. Me debrucei sobre ela. Permaneceu indiferente, encerrada na luxúria de sua dor; ergui os olhos e o rengo Maidana estava parado na entrada do corredor, me olhando:

– Deram mais de quarenta tiros nele.

Não precisava ter dado a notícia; a casa já tinha me contado. A Morte triunfava. Estava nos olhos de Maidana; no frio que me sacudia e acusava; nas paredes, nos retratos, nos sofás, no bule de café. Onde estaria o corpo? Olhei para os lados, a presença enorme do morto deveria estar em algum lugar, soterrando a casa naquele sentimento de ausência que a morte provoca e que agora eu começava a reconhecer. Maidana balbuciou algo: "não pude fazer nada, ele proibiu, disse que era assunto particular, proibiu o Domício, o Colorado, todo mundo, ficamos lá no Átila ouvindo rádio como se fosse uma partida de futebol, ele era assim, assunto particular era coisa sagrada".

Não quis escutar porque a culpa também me dilacerava antes de qualquer outro sentimento, e até hoje não entendo exatamente por que, mas a morte de Juvêncio Gutierrez, os quarenta tiros, ainda não tinham se transformado em dor, por enquanto – e durante muito tempo – eram apenas culpa escura e nebulosa.

Entrei na sala que nos servia de biblioteca. Papai estava em sua poltrona de leitura, vestido de terno, gravata e chinelos. Me observou entrar; fiquei com a impressão de que não me via, porque tinha os olhos avermelhados, e não era de choro, mas de qualquer coisa que o tornava distante e assustador. Meu coração rangeu como um motor no limite da força: ali estava meu estranho pai, cismando, consumido por delírios indecifráveis, esperto e eficaz na arte de nos fazer sentir culpados. Estava rodeado pela fumaça azulada do palheiro, queimando lentamente entre seus dedos. Não se mexia e eu me apiedei dele. Era a marca e a vitória de sua doença. Todos temos uma doença escondida, não importam sintomas e nome, mas a natureza da sua era especialmente maligna porque não apenas o fazia sofrer; espalhava, sorrateira, o veneno ardilosamente composto pela sua autocompaixão e impregnava os sentimentos, os objetos, a casa. Imagino se saberia do nosso riso escondido, da nossa aliança secreta, do nosso jovial, cruel desprezo.

Forcei o pensamento a se afastar de meu pai e olhei a estante de livros. O olhar foi direto na coletânea de contos de Hemingway. Pensei na sua glória de escritor consagrado, nas suas aventuras e triunfos em contraste à nossa tragédia provinciana, sem saber que estava próximo o dia em que o Grande Caçador enfiaria na boca o rifle de abater elefantes, apertaria o gatilho, espalharia o cérebro nas paredes de lambri do gabinete, lambuzaria os livros nas prateleiras. (Os orgulhosos livros também seriam feridos pelo tempo, também se transformariam em coisas opacas, também seriam lentamente esquecidos, como de resto acontece com os móveis, os rostos, os espelhos, a literatura, tudo.)

Caminhei até a sala. O grupo de pessoas sentadas me olhou chegar com olhos de pena e curiosidade. Minha mãe se adiantou e alisou meu rosto.

— Já soube da notícia?

Estava pálida, mas serena. Esther tinha os olhos inchados de choro, o padre Daniel murmurava agitado orações em espanhol, uma mão desconhecida me estendeu uma xícara de café que ignorei.

— Estamos conversando — disse minha mãe —, vai pra teu quarto descansar.

— O que está acontecendo?

— Acabo de vir do necrotério — disse o padre Daniel —, não querem entregar o corpo.

— Por quê?

O padre Daniel abriu os braços, sombrio. O silêncio na casa se espraiou como uma onda. O cavalo de pranto de Ifigênia escoiceava as paredes. Não parecia minha casa. Vladimir apareceu na porta, semiadormecido, com ar de choro. Minha mãe tomou-o no colo e levou-o para o quarto.

Meu pai entrou na sala.

— Vou lá buscar o corpo.

O rosto do padre Daniel se transformou.

— Não faça isso, don Pepe! Eu quase fui expulso de lá. Eles ainda estão muito tensos, pode acontecer qualquer coisa.

— Eu não tenho medo daquele delegado. Ele já matou meu cunhado, agora que entregue o corpo. Ele está é querendo me fazer desfeita. Eu conheço bem a laia dele.

— Não é desfeita, é a lei. Não podem entregar o corpo assim no más.

— O corpo precisa ter um enterro decente.

— Isso é verdade — disse o padre. — Nem o delegado pode impedir de se cumprir um preceito cristão.

Minha mãe entrou na sala, olhando diretamente para meu pai, os olhos fuzilando.

– Pedro, tu estás com um revólver no bolso.

Alarmados, todos olharam ao mesmo tempo para meu pai. Ele enfiou rápido a mão no bolso do paletó.

– Vou lá buscar o corpo.

– Para com essa loucura. Já chega de loucuras por hoje. Me dá esse revólver.

Meu pai vacilou.

– Isso é assunto de homem. Não vou ser desfeiteado por um delegado ignorante.

– Me dá esse revólver.

– O delegado não gosta de mim e agora quer me espezinhar. Eu não vou poder olhar pra cara de ninguém na rua se esse indivíduo fizer o que quiser com a gente. É uma questão de honra.

– Não me fala de honra!

– É preciso enterrar o corpo.

Minha mãe ficou enorme:

– Por mim podem atirar o corpo pros caranchos! Eu não sou cristã! Eu quero é que essa loucura acabe!

O desespero dela era feito de uma fúria magnética, que nos imobilizou. Toda ela estava crispada, cheia de arestas, fulgurante, até que de repente sua energia se esgotou: foi se dobrando, se fechando, hirta, vagarosa, totalmente pálida, como se tivesse levado uma punhalada mortal. Amparou-se no encosto do sofá e ficou com a cabeça pendida, o rosto coberto pelo cabelo negro, o corpo dando arrancos.

O padre Daniel murmurou: *"Anima est naturaliter christiana"* e persignou-se. Esther curvou-se sobre ela e a abraçou. Meu pai deu passos nervosos pela sala, o olhar dividido entre o espanto e o desafio. Aproximou-se de mamãe, deu-lhe duas palmadinhas no ombro.

— Está bem, está bem.

Tirou o revólver do bolso e deixou-o sobre o sofá.

— Eu não vou dar tiro em ninguém. Nunca fui homem de dar tiro. Nem bala o revólver tem. E nesta hora não tem lugar onde se possa comprar balas.

Minha mãe permaneceu curvada, como se não o escutasse; pouco a pouco, foi acalmando a convulsão do corpo. Meu pai olhou fixamente para um ponto na parede, pareceu-me que levaria a mão ao ouvido como se estivesse com dificuldade para ouvir algo que lhe diziam, falou para o ponto na parede como respondendo a uma pergunta:

— Vou lá buscar o corpo, sim.

Saiu em direção à porta da rua fazendo tlec tlec com os chinelos de couro. Dei um olhar à sala, aos rostos perplexos, e saí correndo atrás de meu pai.

Toda a viagem até o necrotério fiquei apalpando a pedra no meu bolso. Nunca tinha visto minha mãe gritar como naquela noite, nem vira antes ela deixar-se dominar pelo desespero como daquele modo. Meu pai dirigia curvado sobre o volante, agarrando-o com as duas mãos, concentrado, murmurando coisas que não entendia. Às vezes me dava rápidas olhadas, como se ficasse surpreso de me ver a seu lado. Eu estava assustado. Lembrava com frequência da época em que ele ficou esquisito. Desconfiava que se aproximava de nossa família algo espantoso e irremediável, e não queria acreditar. O meu senso da perdição ainda estava incompleto; tentava manter a ilusão de que tragédias só aconteciam em filmes e romances. O verão em que meu pai ficou esquisito foi soterrado pela necessidade da convicção de que o pior tinha passado. Eu tranquilizava meu coração com a fórmula mágica de que nada de horrível poderia nos acontecer porque não pretendíamos fazer nada de horrível a ninguém. Não sabia que o destino do homem é a ferida. Ainda não tinha sido ferido.

O necrotério era uma construção sombria, cercada de eucaliptos num vasto terreno deserto. A lua estava exatamente sobre a construção, e a banhava de luz azulada. Latidos de cães se esparramavam na escuridão.

– Me espera aqui – disse meu pai.

Desceu do carro e tlec tlec caminhou até a porta. Bateu. Quem abriu foi um brigadiano com cara de índio. Desobedeci meu pai sem me dar conta e cheguei a seu lado, a tempo de ver o índio tirar o palheiro da boca.

– Vim buscar o corpo do meu cunhado.

O brigadiano parecia estar esperando-o. Atrás dele apareceu um homem de avental branco.

– O delegado disse que não é pra entregar o corpo pra ninguém.

– Eu sou cunhado dele. Precisa ser enterrado.

O brigadiano disse numa voz solene:

– O senhor me desculpe, mas só com ordem do delegado Facundo.

A cara impassível de índio ficou encarando meu pai, sem autoritarismo, indiferente. Colocou o palheiro na boca e deu uma tragada, encerrando o assunto. O homem do avental branco examinava meu pai com uma intensidade doentia, com os sintomas de alguém prestes à violência. E meu pai emparedou-se num silêncio duro, encurvado, olhando o chão negro, concentrado em pensamentos que pareciam puxá-lo para o fundo da terra.

– Muito bem, vou falar com o delegado.

Deu brusca meia-volta e chegou ao fuca em duas passadas.

– Vou falar com o delegado – repetiu, abrindo a porta.

Tive que correr para poder entrar. O carro arrancou rangendo, como se também estivesse explodindo de ódio acumulado há muito tempo, um ódio interno, alimentado nas vísceras, e que saía agora para o exterior, brilhando no suor frio da testa de meu pai.

Percorremos as ruas enlameadas, passamos por terrenos baldios, rolamos entre a escuridão das casas baixas e silenciosas, chegamos ao asfalto. Havia uma brisa inquieta na Praça, movendo-se entre as árvores. Estacionamos em frente à Delegacia. Meu pai saiu e eu atrás dele. Brigadianos se espalhavam no salão, refestelados em cadeiras e bancos de madeira. Subi os três degraus como se estivesse carregando um peso muito grande. Meu pai parecia leve na sua agitação. Parou na frente da mesa.

– Quero ver o delegado.

O brigadiano olhou para ele com deboche, exatamente como eu esperava. Mas meu pai pairava acima disso tudo, aferrado a um poder interior insuspeitado, que o tornava, a meus olhos, desconcertante e, cada vez mais, desconhecido.

O brigadiano apontou com o dedo para dentro. Entramos; meu pai decidido, a energia brilhando na testa; e eu atrás, tropeçando nas pernas dele, olhando para os lados e vendo brigadianos por toda parte, armados, ameaçadores, escarnecendo. De vez em quando estourava uma gargalhada de algum canto escuro. Aspirei cheiro de cachaça. Paramos diante de uma porta. Na penumbra dava para ler: Delegado de Polícia. Meu pai agarrou o trinco, abriu a porta e entrou. Entrei também, para ver o delegado Facundo nos olhar com prazer perverso.

– Quem deu ordem pra vocês entrarem?

– Vim buscar o corpo do meu cunhado – disse meu pai.

O delegado se recostou na cadeira de respaldar alto e sorriu; vi os dentes de carnívoro fumante; vi o brilho amarelo; e vi algo que me fez apertar a pedra no bolso, pois da boca aberta (me pareceu) saía uma língua de cascavel, fina, bifurcada:

– Não pode.

– Não pode por quê?

– Não pode porque não pode. Aqui eu não dou explicações. Aqui eu faço se explicarem.

Foi nesse ponto que percebemos o vulto parado diante da janela que dava para a Praça. Percebemos o vulto porque ele se virou para nós e talvez sorrisse, e era o sorriso que enchia os muros da cidade nas vésperas de eleições e que sorvia seu uísque de olho parado nas cadeiras de vime diante do clube Comercial.

– Eu devia estar de cama a esta hora, por causa do reumatismo, mas não saio daqui até ter meu último cavalo de volta. O teu cunhado armou um bochincho que não me causou o menor prazer, meu amigo. Ele provocou o fim que teve.

– Coronel, eu só quero levar o corpo pra ser velado e dar um enterro decente. Se é o senhor quem manda aqui, então é pra o senhor que estou pedindo.

O delegado deu um pulo na cadeira:

– Não admito desaforo comigo!

– Então dê a ordem.

O delegado suspirou. Apanhou um cigarro, acendeu-o devagar, com pachorra. Não podia perder a classe diante do coronel Fabrício.

– Acontece que não posso – disse com voz profissional que não conseguiu sustentar; logo ela foi se tornando corrompida, canalha: – Não posso e não quero.

– Isso é coisa de gente mesquinha, delegado.

– Tu tá querendo levar um tiro na cara.

– Então dá.

O delegado Facundo ficou um instante desconcertado; balançou a cabeça, falsamente divertido, olhou para o coronel como a dizer "o senhor está vendo a paciência que eu tenho".

– Vai embora que é melhor pra ti.

Meu pai caminhou na direção do delegado (sentado na sua imponente cadeira de respaldar alto) e apontou o dedo indicador até encostá-lo na barriga arfante.

– Atira, delegado.

Todo o corpo do delegado Facundo se contorceu.

– Não brinca comigo, comunista de merda.

Meu pai deu duas espetadas rápidas na barriga do delegado.

– Atira se tu é bem macho, delegado filho duma puta.

O delegado ergueu-se, recuou, sacou o revólver.

– Cuidado...

– Atira, filho duma puta.

Na penumbra da sala, diante do retrato de Juscelino Kubitschek, assisti o delegado Facundo recuar para meu pai, esgueirando-se junto à parede, sufocando o riso, revólver na mão, olhos devastados, começando a encher-se de lágrimas; e assisti meu pai persegui-lo, dedo em riste, dando pequenas estocadas, pingo de baba na boca que se movia murmurando "atira filho duma puta atira filho duma puta".

– Entrega o corpo, Tilico – disse o coronel Fabrício.

O delegado e meu pai se imobilizaram.

– Entrega o corpo – tornou o coronel numa voz conciliadora. – Entrega. Tô com um palpite, Tilico, que o homem morreu mais por gosto dele mesmo. Sem desfazer, qualquer um vê que não foi mérito teu.

O delegado não tirava os olhos de meu pai. As palavras saíram atrofiadas, como se a língua fosse mesmo bifurcada:

– Tu devia agradecer a Deus, comunista de merda, pelo bom coração do coronel. É por respeito a ele que tu vai sair daqui com vida. Mugica! Mugica!

A porta se abriu, apareceu uma cabeçorra de gordo.

– Mugica, acompanha este elemento até o necrotério e entrega pra ele o que sobrou do bandido.

Meu pai se virou, tropeçou em mim, começamos a nos retirar.

— Vá em paz, meu filho — disse o coronel.

Meu pai parou na porta. Já tinha ultrapassado todos os limites e não tinha intenção de regressar. Olhou para o vulto escuro na janela e disse bem devagar, num tom de voz livre de ressentimentos:

— Me desculpe, coronel, mas o senhor também é um bom filho da puta. A mim é que não me engana.

Ficou parado, esperando uma resposta, mas ela não veio. Acho que não há nada mais aterrorizante do que a loucura. Meu pai fechou a porta com dignidade. Caminhamos tlec tlec até o fuca (então me dei conta que ainda apertava a pedra no bolso) escoltados pelo brigadiano gordo, que sentou no banco de trás.

Atravessamos a cidade em silêncio, espantados e engrandecidos. O cheiro do brigadiano gordo empestava o interior do carro. Fui obrigado a abrir a janela; coloquei a cabeça para fora.

O brigadiano cortou o silêncio.

— O seu Juvêncio podia ser bandido, mas era macho. O senhor não se assuste quando vir o corpo. Tá feito picadinho. Mas não foi por malvadeza. É que seu Juvêncio não dava trégua. Houve até uma hora que acertaram uma rajada no pulso dele. A mão ficou balançando presa por um fiapo de carne. Eu disse, bueno, vai se entregar. Mas ele cravou os dentes no fiapo de carne e deu um tirão. Arrancou a mão. E depois cuspiu. Quando vi já tava detrás duma cerca dando tiro. Munição é que não faltava. Ele veio preparado pra fazer uma guerra.

O carro estacionou diante do necrotério. O homem de avental espiou na porta. Em seguida apareceu o brigadiano com cara de índio. Estávamos em silêncio, meu pai e eu, unidos pelo medo de ver o corpo de Juvêncio Gutierrez. Descemos do carro, meu pai começou a chavear a porta; parou, era desnecessário. O corpo de Juvêncio Gutierrez esperava lá dentro. Conhecíamos aquele corpo montado num árabe nervoso, conhecíamos nadando no rio, jogando futebol, subindo em amoreira; conhecíamos suado, musculoso, resplandecente de vontade. Não queríamos ver o que iríamos ver. Meu pai parou de repente. Estendeu a mão.

– Tu espera aí.

Os quatro homens afastaram-se pelo corredor gelado. Ali, sozinho, invadiu-me uma humilhação feroz, e eu me revoltei com a ideia de que me poupavam a visão do corpo devido à minha pouca idade, ou, pior ainda, que desconfiassem de uma súbita fraqueza minha. Caminhei em direção às duas folhas brancas da porta que balançavam no fim do corredor, por onde os homens acabavam de passar. Ali nos esperava o morto. Ali estava o mistério. Eu caminhava, cada vez mais gelado. A lâmpada amarela erguia minha sombra, comprida, na parede úmida. A humilhação e a revolta transformavam-se em algo palpável, que se adonava de minhas forças, que remexia no meu estômago. Eu nunca tinha visto um morto.

Empurrei a porta. Entre os ombros do meu pai e do brigadiano estava a Morte, e era aquilo – o lençol branco manchado de sangue, a ponta embarrada da bota aparecendo. Meu pai percebeu-me, mas ficou quieto. Ninguém levantou o lençol para olhar. Colocaram o corpo envolto no lençol numa cama com rodas. Fomos empurrando pelo corredor, seguidos pelas sombras. As rodas chiavam, as chinelas faziam tlec, tlec. Chegamos na rua, meu pai fez sinal para eu entrar no fuca. Sentei no banco de trás. Meu pai me olhou firme:

– Ele vai aí contigo.

Ele, meu tio Juvêncio Gutierrez, foi empurrado com esforço para dentro do pequeno veículo e de repente estava em meus braços, pesado, mole, morno, vazio. Fechei os olhos, tranquei a respiração. Meu coração batia, ao contrário do corpo encostado em mim.

– Acho que o senhor tem de assinar um papel – disse o homem do necrotério.

Meu pai e o brigadiano gordo olharam ao mesmo tempo para ele com súbita ferocidade. Meu pai ligou o motor. Senti o corpo mover-se junto ao meu com o solavanco, quando arrancou. O fuquinha começou a deslizar pela cidade com sua carga, iluminado pela lua cheia. Eu via as ruas conhecidas, as casas conhecidas, os cinamomos conhecidos – tudo eu conhecia tão perfeitamente que parecia impossível andar na cidade a essa hora, por essas ruas, acompanhado de meu pai e com tio Juvêncio nos meus braços.

Deixamos o brigadiano na esquina da Praça e tomamos a Duque. Ao ver as luzes de Libres estremeci com o pressentimento de que o corpo em meus braços ia mover-se, espichar a mão, arrancar o lençol e mostrar o rosto sorridente, os olhos desafiadores. Mas o corpo continuou imóvel, morno, naquela inexplicável distância. Fui atravessado por uma rajada de horror. Mordi um grito. Meu pai olhou pelo espelho.

– Já estamos chegando.

Eu ia dizer que não me importava, mas não tive forças. Vencemos o solavanco dos trilhos, dobramos a esquina e paramos diante da casa iluminada. Um cavaleiro cresceu na frente do fuca. Enorme na capa negra, seu Domício desmontou. O rengo Maidana abriu a porta do carro. Seu rosto estava contorcido. Afastou o banco e começou a tirar Juvêncio Gutierrez dos meus braços. Com extremo cuidado, como se qualquer movimento brusco pudesse causar mal ao morto, os dois compadres do meu tio o carregaram.

Fiquei ali dentro, encolhido pelo meu terror. O homem que era meu pai estendeu a mão, me envolveu com o braço, obrigou-me a caminhar com ele. Os dois compadres pararam com o corpo amortalhado diante dos degraus onde estava minha mãe. Ela aparentava sombria tranquilidade; o cabelo estava esparramado num lado do rosto, como um véu escuro. Meu pai se adiantou. O olhar dele disse "aí está o teu irmão". O olhar dele era uma declaração de amor. Minha mãe desviou desse olhar. Minha mãe me abraçou. Foi como um clarão. Fiquei subitamente feliz. Meu corpo deu um solavanco. Não chorei. Sentindo o perfume dela, abraçado a seu corpo, de olhos fechados, não chorei.

Por cima do meu ombro, ela disse a meu pai:

– Vai descansar, eu tomo conta de tudo.

Entraram com o corpo na casa e depositaram-no sobre a mesa da sala. Bibelô fugiu rente à parede. Minha mãe me levou até a cozinha e me obrigou a beber uma xícara de café. Demorei ali, pasmo e comovido, olhando minhas mãos. O silêncio da casa me fez sair do torpor. Fui ao banheiro urinar.

Deparei com as botas de Juvêncio Gutierrez. As roupas estavam amontoadas a um canto, trouxa de farrapos ensanguentados. Caminhei pelo corredor em direção à sala. Ifigênia me barrou o caminho, com um balde na mão.
– Não é pra entrar lá. Ela está lavando o corpo.
Passou por mim. A água do balde estava vermelha. Apertei meus braços contra o corpo, apoiei a testa na parede, fui saindo devagarinho, me arrastando contra a parede, sentindo a testa esfolar, murmurando todas as obscenidades que conhecia, murmurando-as com a disposição de quem agarra uma camisa velha e começa a despedaçá-la com as mãos, metodicamente, em silêncio, sem saber por que o faz, pleno do prazer assustador e frio que era parte daquela dor que só agora conhecia. Cheguei ao pátio. Apalpei a pedra no meu bolso. Debaixo do cinamomo, acompanhado por seu Domício e pelo rengo Maidana, meu pai tomava mate. Estava de costas para mim, olhando a parreira que começava a carregar-se de folhas, calado, confuso com a própria violência, escondendo de si mesmo o sentimento de culpa que já arranhava a casca da sua loucura, atento e cortês ao ritual do mate, dando pequenas tragadas no palheiro que espalhava no ar da noite seu aroma pacífico e vegetal.

No enterro trouxeram a bandeira do Andradas e cobriram o caixão com ela. Nossa mãe tentou protestar, mas chegaram também bandeiras do Bangu, do Canto do Rio e do Renner. Descobri que quase não tínhamos parentes, pois a maioria dos que vieram no velório era gente desconhecida, vestindo roupas pobres, e a quem nunca antes tínhamos visto. Eram em grande parte homens, calados, sérios, que se aproximavam do caixão coberto, davam uma rápida olhada e se refugiavam contra a parede, chapéu na mão.

Talvez por uma questão de pudor apareceram mais mulheres no enterro do que no velório, usando véus negros e rosários enrolados nas mãos. Mirta del Sol estava amparada por duas colegas, e chorava com discrição atrás do véu roxo. Quando, porém, o caixão desceu à tumba, seu soluço subiu no ar e provocou o olhar fulminante da indevassável Esther.

Seu Domício ficou ao largo, montado no cavalo. Sabia que não podia facilitar; o enterro era uma pequena trégua. O rengo Maidana também ficou longe, sentado num túmulo, à sombra da asa de um anjo, pitando o palheiro.

O enterro foi no fim da tarde. Vladimir não veio; foi levado por Ifigênia ao Colégio do Horto, onde passou o dia. O padre Daniel oficiou a cerimônia. A luz era nítida, triunfante. Não era uma luz dominical. Soprava uma brisa fresca: recebia essa brisa com a sensação de que era feita especialmente para mim, para naquele momento me acariciar o rosto, para sussurrar que tudo continuava igual, que soprava agora e sopraria depois e sempre, imune a nossos conflitos.

Assisti à cerimônia ao lado de nossa mãe. Ela esteve o tempo todo firme, embora pálida; somente quando a terra cobriu completamente o caixão escorreram de seus olhos duas grossas lágrimas. Apoiou a cabeça em nosso pai, que a abraçou pela cintura.

Quando a longa fila de apertos de mão terminou (vieram Bolão, Feito às Pressas e vários outros), ergueu-se no cemitério vazio o grito dos quero-queros. O rengo Maidana continuava sentado no túmulo. Seu Domício mostrava o perfil de cavaleiro contra o horizonte que começava a tornar-se avermelhado.

Entramos no fuca sem dizer palavra, mas carregando uma sensação de leveza que há muito não existia quando estávamos juntos. Parecíamos, enfim, de verdade, unidos por alguma coisa. O carro avançou na alameda de eucaliptos e parou onde estava o rengo Maidana. O braço direito de Juvêncio Gutierrez aceitou a carona e sentou no banco de trás, a meu lado. De madrugada ele lavara o carro conscienciosamente, por fora e por dentro, sem que ninguém pedisse. O carro dobrou uma esquina. O céu tornava-se densamente escuro. Uma linha vermelha persistia no horizonte. Entrevi o vulto de seu Domício entre as árvores.

O final de tarde dos domingos ostentava uma tristeza peculiar – de certo modo falsa – aviltada pela iminência da sessão de cinema. Essa noite eu não teria a sessão de cinema, e me surpreendi a pensar nisso com certa melancolia. O filme com Jeff Chandler e Lana Turner seria certamente uma xaropada intragável, mas, bem no meu íntimo, pulsava uma reação contra o fato de que minha suave rotina se interrompia. As luzes das ruas se acenderam. A noite estava bem próxima. A tristeza me apertou com sua garra, me surpreendendo. Olhei para o rengo Maidana como um afogado pedindo ajuda. O rengo sorria.

O carro chegou ao asfalto, interrompendo a esteira de pó rosado que levantava. Os bares estavam abertos. Havia muita gente na rua, com roupas domingueiras, limpas e passadas.

– Vou quedar por aqui mesmo, don – disse o rengo.

O carro parou. Meu pai enfiou a mão no bolso e de lá saiu com o relógio de prata de Juvêncio Gutierrez. Estendeu-o para o rengo, que o apanhou com ar inseguro. Olhou para minha mãe, ela confirmou com a cabeça.

– É teu.

Guardou-o na guaiaca.

– Gracias.

Me mexi com desconforto.

– Também vou descer aqui.

Meu pai e minha mãe me olharam com preocupação exagerada.

– Quero caminhar um pouco.

Minha mãe fez o que raramente fazia: puxou minha cabeça e beijou-me. Meu pai me olhava com um indício de angústia. Precisava dizer algo difícil na nossa família: algo doce.

– Precisa dum troco?

– Não.

Ficamos observando o fuca afastar-se. Agora, a noite era completa. As pessoas passavam apressadas para a sessão das oito, para os bares, para os clubes, o parque de diversões. O rengo Maidana me examinava.

– Caminhar faz bem – ele disse.

Vagarosos, um pouco sem destino, mas tacitamente em direção à casa, começamos a caminhar. Um princípio de vergonha por andar pelas ruas com o rengo num domingo à noite começou a me tocar como dedos frios. Ele tinha idade para ser meu pai; era malvisto por todo mundo. Descobri que ficaria constrangido se encontrasse um colega de aula ou qualquer conhecido; que estar voltando do enterro do meu tio acompanhado pelo rengo Maidana num domingo à noite revelava a fragilidade da minha coragem e o quanto era atado ao mundo ordenado e servil que Juvêncio Gutierrez repudiara. Esse descobrimento me tornou subitamente deprimido.

Na esquina da Praça o rengo comprou um jornal na banca. Aproximou-o dos olhos à luz do poste. Amassou-o de repente, com raiva, e jogou-o no chão. Fiquei com vontade de apanhar o jornal e ver o que dizia, mas o rengo se afastava, mancando furiosamente. Fui atrás dele.

– Aquele jornalista safado diz que a lei o matou e que se fez justiça e que a justiça é cega e não sei que mais.

Deu um enorme sorriso de desprezo. Estávamos na esquina da Praça. Uma multidão se deslocava em direção aos cinemas. Carros buzinavam. Como se estivesse revelando segredo íntimo, sem raiva, sem aliciamento, o rengo Maidana aproximou de mim a cabeçorra ruiva e sussurrou, quase com doçura:

– A lei é uma mentira, muchacho. A justiça é uma mentira. A religião é uma mentira. Tudo é uma mentira.

Moveu de leve a mão, indicando a multidão apressada.

– Os homens são escravos dessas mentiras.

Ficamos parados debaixo da figueira, sem olhar as pessoas que passavam por nós. Eu me sentia incomodado, ausente, sem poder pensar. O rengo me deu um tapinha no braço, "vamos", e atravessamos a rua. Começamos a descer a Duque, calados, lado a lado, e eu notava que não mais me importava de andar ao lado do rengo, que bem que podia parar no Estoril e tomar um cafezinho no balcão. Mas, no fundo, achava que não ficava bem fazer um convite dessa natureza a uma pessoa tão mais velha do que eu.

— A lei! — o rengo cuspiu com ódio de repente. — Só hay uma lei: é ficar quites. É matar o delegado. E matar do mesmo jeito que ele mandou matar o compadre: com mais de cinquenta balaços.

Me examinou de alto a baixo, feroz. Não pisquei nem fiz um gesto, pensando que quando era criança o rengo me aterrorizava com as histórias que contavam a seu respeito.

— Mas isso leva tempo. Por enquanto o filho da puta vai andar prevenido que ele não é bruxo.

Chegamos ao fim da Duque e paramos diante dos trilhos. Bruscamente fomos ligados por um sentimento comum, qualquer coisa subterrânea que nos atravessou ao mesmo tempo e era o apito daquele trem que rompia a escuridão da noite, que se aproximava com sua respiração de animal pré-histórico, que avançava sobre os trilhos arfando como imenso dragão ferido, que crescia na escuridão uivando sem parar.

Apareceu na curva vindo da Estação, rangente, apitando o silvo agudo de navio (apareceu como um duende arrancado de uma história desenhada por Flávio Colin), apareceu com o mesmo cheiro, o mesmo poder terrível que me injetava coragem desde os seis anos, apareceu negro, enorme, trovejante, mortal.

Era o trem que trouxera Juvêncio Gutierrez. Voltava com sua carga para a Argentina, para o pampa, para o alto céu, para as nuvens gigantescas; voltava, mas não levava Juvêncio Gutierrez.

Ficamos olhando-o passar como passa um vendaval, sentindo as emanações de seus ruídos, seus cheiros, seus rangeres, sua força. Passou (Ferrocarriles Argentinos!) indiferente, poderoso, com sua carga de sustos. Quando parou na Aduana, o rengo tirou o relógio da guaiaca, abriu a tampa, aproximou-o do ouvido, aprovou com um aceno e só depois olhou o mostrador.

– Ele não era um escravo.

Sua voz tornou-se triste.

– Por eso lo mataron.

Fechou a tampa do relógio, guardou-o na guaiaca. O trem estremeceu, chamando nossa atenção. Ficamos olhando-o retomar o movimento, começar a avançar, aumentar a velocidade. Não tiramos os olhos dele nem mesmo quando se tornou um vulto sem identificação sobre a ponte. Apenas quando seu ruído morreu completamente para nossos ouvidos o rengo moveu o braço, e foi para colocar a mão em meu ombro.

– Vamos no bolicho do Átila tomar um trago.

É a frase mais bela que alguém jamais disse para mim. Não era um convite para beber. O rengo Maidana me chamava para o mundo de Juvêncio Gutierrez. (Meu coração, Ifigênia, despedaçou-se em um milhão de fragmentos.)

– Vai na frente, eu vou depois.

É desde aí que vago pelo mundo, à cata de um desses fragmentos. Entretanto, ah, de pé sobre os trilhos, pela primeira vez assustado com o futuro, ainda sem entender esse sentimento, observando o rengo Maidana afastar-se mancando, ergui os olhos para o céu.

A noite no pampa é uma catedral. Olhem bem: descubram os adros, os portões, as naves, as abóbadas, os turíbulos de ouro, o perfume de incenso nos quartos secretos onde ziguezagueiam pequenos cometas enlouquecidos e relampejam estrelas e sóis; observem os corredores atravessados pelas luzes dos vitrais. A noite no pampa é uma catedral superposta a outras catedrais, ainda maiores e mais transparentes, entrelaçando-se infinitamente, misturando suas criptas, suas sacristias, seus altares.

Tirei os olhos do céu do pampa e olhei os trilhos reluzentes que trouxeram Juvêncio Gutierrez para seu destino. Nunca perguntei à minha mãe se ela estava à janela quando o trem passou, naquele sábado.

O ar mandou um aviso de verão (agora eu decifrava) num brusco cheiro de adálias do jardim dos Barbará. Tornei-me alerta e vulnerável, reconhecendo com prazer a sombra selvagem emergindo de dentro de mim, estátua sendo desenterrada.

Examinei esse prazer, busquei sua fórmula e sua origem. Estava no verão distante que mandava a mensagem e me acelerava o coração. Comecei a caminhar em direção ao rio. A consistência da luz já não era tão sólida – a catedral tornava-se mais transparente... –, e desejei com intensidade esse misterioso verão e seus pequenos animais; o estalido da grama; o lento suor escorrendo na perna dourada. Cada vez mais selvagem, olhei minhas mãos: eram formosas.

Cinco cavalos brancos pastavam na beira do rio. Quando me aproximei, deram uma curta disparada. Pararam mais adiante e ficaram me olhando, curiosos e tensos. Um deles estremeceu os flancos redondos e deixou cair uma bosta verde e fumegante. Aproximei-me com as mãos nos bolsos. Sem planejar, quase sem perceber, corri de repente em sua direção, agitando os braços e dando gritos.

Persegui com fúria os cavalos do coronel Fabrício, inteiramente entregue à alegria selvagem que se adonava de mim e me acenava com um mundo de liberdade absoluta, de desafio permanente.

E então parei diante do rio, quase tocando com os pés a grande lua de setembro. As luzes de Paso de los Libres piscavam na outra margem. Levantei a gola da campeira. Controlando a respiração ainda ofegante, percebendo o suor secar na pele, segurando pelo hábito a vontade de chorar, fiquei olhando os minúsculos reflexos prateados, tentando descobrir a espécie de ser que eu me tornaria; tentando, talvez, descobrir um parâmetro que o moldasse, ou algum consolo, qualquer coisa que me acalmasse os sentimentos exaltados e o medo do futuro. Fiquei ali escutando os grilos, os latidos da cachorrada distante, os infinitos sussurros da água e da noite.

Porto Alegre, outubro de 1990.

lepmeditores
**www.lpm.com.br**
o site que conta tudo

IMPRESSÃO:

**PALLOTTI**
GRÁFICA

Santa Maria - RS | Fone: (55) 3220.4500
*www.graficapallotti.com.br*